Mwy o Straeon o'r

Mabinogi

Mwy o Straeon o'r Mabinogi

SIÂN LEWIS

Darluniau gan

Valériane Leblond

RILY

Cyhoeddwyd gan Rily Publications Ltd 2024

Blwch Post 257, Caerffili CF83 9FL

www.rily.co.uk

ISBN 9781804163450

Dylunio: Dylunio GraffEG

Dymuna'r cyhoeddwr gydnabod cefnogaeth ariannol Cyngor Llyfrau Cymru.

Argraffwyd yn China.

FSC www.fsc.org
CYMYSGEDD
Papur | Yn cefnogi coedwigaeth gyfrifol
FSC® C020056

CYNNWYS

Mapiau'r Mabinogi
Ewrop
PRYDAIN
3
2
4
5
6
FFRAINC
SBAEN
YR EIDAL
1
Stori Breuddwyd Macsen Wledig
1 Rhufain
2 Eryri
3 Môn
4 Aber Saint yn Arfon
5 Caerfyrddin
6 Caerllion

Prydain (Ynys y Cedyrn) ac Iwerddon

Stori Culhwch ac Olwen

1 Cilgwri
2 Pumlumon
3 Cernyw
4 Iwerddon

Stori Lludd a Llefelys

5 Llundain
6 Rhydychen

Pwy yw pwy yn stori

Y TYWYSOG A MERCH Y CAWR

Culhwch

Olwen

Y Brenin Cilydd

Tad Culhwch

Ysbaddaden Bencawr
Tad Olwen

Custennin
Brawd Ysbaddaden Bencawr

Y Frenhines Arddu
Llysfam Culhwch

Y Brenin Arthur

Gwythyr

Cai

Pwy yw pwy yn stori

LLUDD A LLEFELYS

Lludd

Llefelys

Pwy yw pwy yn stori

BREUDDWYD MACSEN WLEDIG

Macsen Wledig

Elen

Cynan

Y Brenin Eudaf

Gadeon

Y TYWYSOG A MERCH Y CAWR

Stori Culhwch ac Olwen

Y Bachgen Culhwch

Ar ddiwrnod geni Culhwch, roedd Goleuddydd, ei fam, yn cerdded ar hyd llwybr drwy'r coed, pan welodd haid fawr o foch yn rhuthro tuag ati gan rochian a snwffian. Dychrynodd y frenhines am ei bywyd a geni'i babi yn y fan a'r lle. Pan glywodd y Brenin Cilydd am hyn, roedd e wrth ei fodd. 'Heddiw mae fy mab bach wedi herio haid o foch!' cyhoeddodd. 'Dwi am iddo gofio hyn am byth, felly dwi'n mynd i'w alw'n Culhwch.

Ystyr yr enw yw "llwybr moch".'

Yr adeg honno roedd pob tywysog bach yn cael ei fagu gan rieni maeth, nes iddo dyfu'n ddyn. Pan oedd Culhwch yn dal yn ifanc iawn, ac yn dal i fyw oddi cartref, aeth ei fam yn sâl.

'Fe fydda i farw cyn hir,' meddai'r frenhines wrth ei gŵr. 'Wedyn, byddi di'n chwilio am wraig newydd. Ond mae ambell wraig yn gyfrwys. Dwi ddim am i neb wneud cam â fy mab, felly, wyt ti'n addo peidio â phriodi nes gweli di ddraenen â dwy gangen yn tyfu ar fy medd?'

'Ydw, wrth gwrs,' addawodd Cilydd. *Mae drain yn tyfu'n gyflym iawn*, meddai wrtho'i hun. *Fydd dim rhaid i fi aros am hir.*

Ond roedd y Frenhines Goleuddydd yn gyfrwys hefyd. Cyn gynted ag i'r brenin fynd i ffwrdd, anfonodd am offeiriad a gofyn iddo chwynnu'i bedd bob dydd i wneud yn siŵr na fyddai chwyn byth yn tyfu arno.

Yn fuan wedyn bu farw'r frenhines, a dechreuodd Cilydd feddwl am ailbriodi. Yn ôl ei addewid, anfonodd was i weld a oedd draenen yn tyfu ar fedd ei wraig. Daeth y gwas yn ôl ac ysgwyd ei ben. Digwyddodd hyn bob bore am saith mlynedd. Ar ddiwedd y saith mlynedd, blinodd yr offeiriad ar chwynnu, ac un dydd, wrth i'r brenin fynd i hela, gwelodd ddau sbrigyn bach gwyrdd yn tyfu ar y bedd. Neidiodd oddi ar ei geffyl a rhedeg draw i weld a oedden nhw'n bigog. Oedden! Roedd y ddraenen ddwy gangen wedi tyfu o'r diwedd.

Yn lle mynd i hela'r diwrnod hwnnw, carlamodd y brenin yn syth yn ôl i'w lys, a galw'i gynghorwyr.

'Mae angen gwraig arna i ar unwaith,' meddai. 'Ydych chi'n nabod rhywun wnâi frenhines dda?'

'Dwi'n nabod rhywun fyddai'n dy siwtio i'r dim,' meddai un cynghorwr. 'Ei henw yw Arddu, gwraig y Brenin Doged.'

'Gwraig y Brenin Doged?' meddai Cilydd. 'Wel, os yw pawb yn cytuno, mae'n well i fi ei phriodi, yn does?'

Fore drannoeth, aeth marchogion Cilydd i wlad Doged, cipio'i wraig a'i ferch ifanc, a dod â nhw'n ôl i'r llys.

Bwrw Swyn

Roedd y Frenhines Arddu, gwraig newydd Cilydd, yn teimlo'n ddiflas tu hwnt. Un diwrnod gadawodd y llys a mynd i weld hen wraig oedd yn byw yn y dref gyfagos. Doedd gan yr hen wraig ddim dant yn ei phen, ond roedd ei gwên yn garedig, a dwedodd y frenhines ei stori wrthi.

'Fe ges i 'nghipio o 'nghartre gan Cilydd,' sniffiodd. 'Dyn od yw e. Does ganddo ddim plant. Dwi erioed wedi cwrdd â brenin heb blant o'r blaen.'

'Does gan Cilydd ddim llawer o blant, mae'n wir,' meddai'r hen wraig.

'Dwi'n gwybod!' ochneidiodd Arddu.

'Ond mae ganddo un plentyn,' meddai'r hen wraig.

Edrychodd y frenhines arni'n syn. 'Un plentyn?'

'Mab,' meddai'r hen wraig. 'Mae ganddo un mab.'

'Mab!' Llonnodd Arddu ar unwaith.

Brysiodd yn ôl i'r llys, gynted fyth ag y gallai, a mynd ar ei hunion at Cilydd.

'Dwi'n clywed bod gen ti fab,' meddai.

'Oes,' meddai Cilydd. 'Ei enw yw Culhwch.'

'Cul-hwch?' ebychodd Arddu, a chrychu'i thrwyn. 'Pam na ddwedaist ti wrtha i? A pham mae'r bachgen yn cuddio? Oes arno gywilydd o'i enw?'

'Na.' Chwarddodd y brenin. 'Mae Culhwch yn enw arbennig iawn. Dim ond un Culhwch sy yn y byd mawr crwn, achos dim ond un babi sy erioed wedi wynebu haid o foch ar y diwrnod y cafodd ei eni. Na, does ar Culhwch ddim cywilydd o gwbl. Mae e'n ddyn ifanc golygus a hyderus, ac yn saethwr heb ei ail. A dyw e ddim yn cuddio. Fel pob tywysog ifanc, mae'n byw gyda'i rieni maeth. Cyn hir bydd e'n ddigon hen i ddod yma i fyw yn y llys, ond os wyt ti eisiau'i weld e nawr, fe anfona i amdano.'

'Ie, gwna di hynny,' meddai'i wraig â'i llygaid yn disgleirio.

Wrth i'r brenin yrru neges at Culhwch, aeth Arddu i chwilio am ei merch.

'Brysia!' meddai, a'i hysio at y cwpwrdd dillad. 'Gwisga dy ddillad gorau. A rho wên ddel ar dy wyneb. Mae mab Cilydd ar ei ffordd. Yn ôl ei dad, mae'n ddyn ifanc penigamp. Fe wnaiff e ŵr da i ti.'

Y prynhawn hwnnw, pan garlamodd Culhwch drwy borth y castell, roedd y ddwy wraig yn sefyll ar yr iard. Marchogodd y tywysog yn syth i'r stabl, heb sylwi arnyn nhw, a neidio oddi ar ei geffyl â'i fwa yn ei law.

Roedd e'n rhedeg nerth ei draed i'r cwrt saethu, pan glywodd rhywun yn galw'i enw. Cipedrychodd dros ei ysgwydd, a gweld gwraig dal, â llygaid fel gwreichion tân, yn dod tuag ato. *Fy llysfam yw hon, siŵr o fod*, meddyliodd, gan sgrialu i stop, plygu'n foesgar a chusanu'i llaw.

Disgleiriodd llygaid Arddu'n fwy fyth. Roedd Culhwch yn hardd a hyderus, a hefyd yn gwrtais. Os oedd hi am gael hwn yn ŵr i'w merch, doedd dim amser i'w golli.

'Culhwch!' meddai, a thynnu'i merch tuag ati. 'Heddiw bydd dy dad yn

falch iawn ohonot ti.'

'Bydd!' meddai Culhwch a phwnio'r awyr â'i ddwrn. Heddiw roedd e'n mynd i gystadlu yn erbyn saethwyr gorau'i dad, a'u curo'n rhacs! 'Ydy Dad yn dod i 'ngwylio?' gofynnodd.

'Wrth gwrs,' meddai Arddu. 'Mae'n rhaid i bob tad weld ei fab yn priodi.'

'Priodi?' Sylwodd Culhwch yn sydyn ar y ferch ifanc fochgoch wrth ochr ei lysfam. 'Priodi?' gwichiodd. 'Priodi, ddwedaist ti?'

'Ie,' meddai Arddu, â gwên falch. 'Heddiw fe gei di briodi fy merch i.'

'Ond dwi ddim eisiau priodi!' Anghofiodd Culhwch fod yn gwrtais. Edrychodd mewn panig i gyfeiriad y cwrt saethu. 'Dim o gwbl!' gwichiodd. 'Dwi'n rhy ifanc, a does gen i ddim amser. Dwi'n rhy brysur yn hela, cystadlu mewn twrnameintiau ac ymarfer saethu. A dwi ...' tagodd mewn braw.

Roedd gwên ei lysfam wedi diflannu mewn chwinciad chwannen. Nawr roedd ei ffroenau ar led a'i gwddw'n ymestyn fel neidr. 'Felly rwyt ti'n meiddio gwrthod fy merch?' hisiodd yn ei wyneb.

'Wel ... mmm. Wel, ydw!' parablodd Culhwch, a cheisio camu'n ôl.

Ond doedd dim dianc rhag Arddu. 'Yna bydd rhaid i ti briodi Olwen, merch Ysbaddaden Bencawr,' meddai, drwy'i dannedd. 'Dyna dy dynged! Priodi Olwen ferch Ysbaddaden, a neb arall o gwbl.' Trodd ar ei sawdl a stelcian i ffwrdd, gan lusgo'i merch ar ei hôl.

'Culhwch! Culhwch!' Roedd yr ornest saethu ar fin dechrau, a'r cystadleuwyr yn gweiddi'n daer. 'Culhwch! Brysia! Brysia!'

Ond symudodd Culhwch 'run cam. Allai e ddim. Pan ddaeth y Brenin Cilydd i chwilio amdano ychydig funudau'n ddiweddarach, roedd e'n dal yn yr unfan, yn crynu fel deilen ac yn goch fel eirinen o'i ben i'w draed.

'Be sy'n bod arnat ti, 'machgen i?' gofynnodd y brenin.

'Dwi mewn cariad,' sibrydodd Culhwch.

'Be?' Agorodd llygaid y brenin led y pen. 'Mewn cariad â phwy?'

Gollyngodd Culhwch ei fwa a gwasgu'i law dros ei galon. 'Ag Olwen, merch Ysbaddaden Bencawr,' meddai â gwên fach swil. 'Dwi erioed wedi gweld Olwen, dwi ddim yn gwybod ble mae'n byw, a dwi ddim yn gwybod sut un yw hi. Falle'i bod hi mor fawr â'i thad ac mor ffyrnig ag arth. Ond dim ots! Dwi'n ei charu bob blewyn ac alla i ddim byw hebddi.'

Tynnodd Cilydd ei law dros ei farf i guddio'i fraw. Roedd ei fab yn amlwg wedi'i swyno, ac roedd y swyn yn un gref. *Fedra i ddim cael gwared o'r swyn*, meddyliodd y brenin. *Yr unig beth fedra i wneud yw helpu'r bachgen i ddod o hyd i'w gariad.* Felly, cododd y bwa, ei roi yn llaw ei fab, a dweud yn galonnog, 'Culhwch, rwyt ti'n gefnder i'r Brenin Arthur. Cer ar unwaith at dy gefnder, ac i brofi di fod ti'n perthyn, gofyn iddo dorri dy wallt. Ar ôl gwneud hynny, bydd e'n cynnig anrheg i ti. Gofyn iddo am Olwen.'

Llys y Brenin Arthur

Heb wastraffu eiliad, gwisgodd Culhwch glogyn porffor ag afal aur ar bob cornel a phâr o esgidiau drud. Casglodd ddwy waywffon arian, bwyell ryfel finiog allai dynnu gwaed o'r gwynt, cleddyf aur a tharian o aur ac ifori, ac i ffwrdd ag e ar gefn ei geffyl i lys y Brenin Arthur.

Aeth Cilydd ac Arddu at y porth i'w wylio'n mynd heibio.

Mae fy mab yn tyfu i fyny, meddyliodd Cilydd yn falch.

Ddaw e byth yn ôl yn fyw, meddyliodd y Frenhines Arddu â gwên filain.

Rhedai dau filgi brych yn ymyl Culhwch, un ar y chwith, un ar y dde, gan wibio o'i gwmpas fel adar y môr. Tasgai pedair tywarchen o dan garnau'i ceffyl a hedfan fel gwenoliaid, weithiau'n uchel, weithiau'n is. Ond trotiai'r ceffyl ei hun yn ysgafn, ysgafn, heb godi blewyn o ben y tywysog.

Yn hwyr y prynhawn, cyrhaeddodd Culhwch lys y Brenin Arthur. Safodd o flaen y porth a gweiddi, 'Oes yna borthor?'

'Oes, wrth gwrs,' atebodd llais cras. 'Ddylet ti golli dy ben am ofyn cwestiwn mor dwp.'

'Agor y porth, felly!' gorchmynnodd Culhwch.

'Na!' snwffiodd y porthor. 'Rwyt ti'n rhy hwyr. Mae gwesteion Arthur yn eistedd wrth y bwrdd. Mae'r gyllell yn y cig a'r ddiod yn y llestr corn. Cer i aros mewn llety dros nos, a dere'n ôl fory.'

'Agor y porth nawr!' gwaeddodd Culhwch. 'Os na wnei di, mi ddweda i wrth bawb mai un gwael am roi croeso yw Arthur. Fe ro i dair bloedd uchel, a bydd pawb yn eu clywed, o Gernyw yn y de, hyd at Ddinsol yn y Gogledd, ac ar draws y môr yn Iwerddon.'

Craffodd y porthor yn fanwl ar yr ymwelydd swnllyd. 'Gwaedda di faint fynni di,' meddai, 'ond chei di ddim dod i mewn nes i fi siarad â'r brenin. Aros fan'na.'

Brysiodd y porthor i'r neuadd, lle'r oedd Arthur yn eistedd yng nghanol ei westeion.

'Pa newyddion o'r porth?' gofynnodd y brenin.

'Syr,' meddai'r porthor. 'Dwi wedi bod yn was i ti am flynyddoedd hir, a dwi wedi bod gyda ti yng nghaer Se ac Ase, yn Sach a Salach, yn Lotor a Ffotor, yn India Fawr ac India Fach, yn Egrop, yn yr Affrig ac ar ynysoedd Corsica.'

'Wyt,' meddai'r brenin yn foesgar. 'Ond pa newyddion ...?'

'A dwi wedi ymladd wrth dy ochr mewn sawl brwydr, yn erbyn sawl gelyn, o Wlad Groeg yn y dwyrain hyd at Gaer Nefenhyr Naw Dant.'

'Iawn,' meddai'r brenin. 'Ond ...?'

'Ond,' meddai'r porthor, 'yn ystod fy holl deithiau, welais i erioed ddyn ifanc mor hardd â'r un sy'n sefyll o flaen y porth y funud hon.'

'Brysia'n ôl ato ar unwaith,' gorchmynnodd y brenin. 'Rhaid i fi weld y dyn ifanc hwn. Dwed wrtho bod lle iddo wrth fy mwrdd.'

Aeth y porthor i ffwrdd ar ei union, ond cwynodd Cai, un o farchogion y brenin. 'Ddylet ti ddim torri rheolau'r llys er mwyn un dyn,' meddai'n surbwch wrth Arthur.

'Ond mae hwn yn amlwg yn ddyn ifanc dewr a phenderfynol ... a ... a rhyfeddol iawn!' meddai Arthur, a dal ei wynt mewn syndod.

Roedd ceffyl llwyd newydd drotian i mewn i'r llys â dyn ifanc ar ei gefn. Yn lle gadael ei geffyl wrth y porth, roedd yr ymwelydd wedi meiddio marchogaeth i mewn i'r neuadd. Rhyfeddol, yn wir!

Safodd y ceffyl o flaen Arthur, ac edrychodd Culhwch i lawr ar y brenin.

'Henffych well, O frenin!' galwodd yn ei lais dyfnaf. 'Henffych well i ti ac i'th ddynion i gyd.'

Gwenodd y brenin y tu ôl i'w farf. Er gwaetha'r llais dwfn, dim ond bachgen oedd hwn. 'Henffych well i tithau hefyd,' meddai. 'Nawr disgyn o'r cyfrwy a dere i eistedd fan hyn rhwng dau o fy milwyr. Fe gei di bryd da o fwyd, a digon o chwerthin a chanu. Ar ddiwedd y wledd, bydda i'n dosbarthu anrhegion, a dwi'n addo mai ti gaiff yr anrheg gyntaf.'

'Ddois i ddim yma i fegian am fwyd a diod,' atebodd Culhwch yn swta â'i drwyn yn yr awyr. 'Ond os ca i'r anrheg dwi eisiau, bydda i'n deilwng ohoni, a bydda i'n dy ganmol di i'r cymylau. Ond os na cha i'r anrheg, bydda i'n dweud wrth bawb mai croeso gwael ges i yma.'

'O, fe gei di dy anrheg,' meddai'r Brenin Arthur. 'Fe gei di beth bynnag fynni di, ar wahân i fy llong, fy nghlogyn, fy nghleddyf, fy ngwaywffon, fy nharian, fy nghyllell neu fy ngwraig. Nawr beth wyt ti eisiau?'

'Yn gynta,' meddai Culhwch, ac edrych o gil ei lygad at Arthur, 'dwi am i ti dorri fy ngwallt.'

'Mi wna i hynny,' meddai Arthur.

Galwodd y brenin am grib aur a siswrn arian, ac ar ôl i Culhwch ddod i lawr o'r cyfrwy, torrodd y brenin wallt y dyn ifanc a'i gribo'n ôl.

Pan welodd Arthur ei wyneb, craffodd arno'n fanwl.

'Pwy wyt ti?' gofynnodd. 'Rwyt ti'n edrych yn gyfarwydd iawn.'

'Culhwch, mab Cilydd, ydw i,' atebodd y tywysog.

'A!' meddai Arthur, a gwenu ar ei farchogion. 'Does dim rhyfedd ei fod yn ddyn ifanc rhyfeddol. Rydyn ni'n dau'n perthyn.' Brwsiodd y gwallt oddi ar ysgwyddau Culhwch. 'Nawr 'te, gefnder, dwed yn union beth wyt ti eisiau.'

'Dwi eisiau Olwen,' atebodd Culhwch yn glir ac yn groch, er mwyn i bawb gael clywed. 'Dwi eisiau cael Olwen, merch y Pencawr Ysbaddaden,

yn wraig i fi, a dwi'n gofyn amdani yn enw bob un o dy filwyr di.'

Yn ei lais clir enwodd Culhwch bob un o'r milwyr. Roedd bron dri chant ohonyn nhw, ac roedd gan bob un sgìl arbennig iawn.

Gallai Sgilti Sgafndroed gerdded dros gae o wellt, heb blygu un gwelltyn.

Gallai Drem fab Dremhidydd weld pryfyn yn codi i'r awyr ym mhen pella'r wlad.

Gallai Clust fab Clustfeiniad glywed morgrugyn yn cripian o'i nyth bum deg milltir i ffwrdd, hyd yn oed pan oedd yn gorwedd dan saith metr o bridd.

Ymhlith y milwyr roedd y tri brawd Sol, Gwadn Osol a Gwadn Oddaith, a nifer o frodyr eraill hefyd. Fe gymerodd awr gron i Culhwch eu henwi i gyd. Wedyn, gofynnodd am ei anrheg yn enw holl wragedd bonheddig Prydain, ac roedd degau o'r rheiny hefyd.

Ar ôl i'r ddwy restr hir ddod i ben, dwedodd Arthur, ''Machgen i, dwi erioed wedi clywed am ferch o'r enw Olwen, nac am ei thad na'i mam. Ond fe anfona i negeswyr dros y byd i chwilio amdani.'

Cychwynnodd y negeswyr ar eu ffordd y diwrnod hwnnw, a chrwydro'r byd i chwilio am Olwen.

Ar ôl blwyddyn gron, daeth y cyntaf o'r negeswyr yn ei ôl.

'Henffych well, ardderchocaf frenin,' meddai wrth Arthur.

'Henffych well i tithau hefyd,' atebodd y brenin. 'Pa newydd sy gen ti?'

'Frenin doeth,' meddai'r negesydd. 'Dwi wedi chwilio ymhell ac agos. Dwi wedi stryffaglu dros wastadeddoedd. Dwi wedi brwydro drwy goedwigoedd trwchus. Dwi wedi dringo mynyddoedd uchel ac wedi hwylio ar afonydd gwyllt.'

'Da iawn, ti,' meddai Arthur. 'Felly fe gest ti afael ar Olwen?'

'Naddo,' atebodd yr negesydd.

Daeth y negeswyr eraill yn ôl, yn eu tro, ond yr un oedd y neges gan bawb. Er iddyn nhw chwilio a chwilio am flwyddyn gron, doedd neb wedi gweld cip o Olwen.

Pan glywodd Culhwch hyn, aeth o'i go'n lân.

'Mae pawb wedi cael anrheg ond fi,' cwynodd wrth y brenin. 'Dwi'n mynd i ffwrdd. Dwi'n gadael dy lys di, a dwi'n mynd i ddweud wrth bawb mai un gwael wyt ti am roi anrhegion.'

Snwffiodd Cai'n uchel. 'Bydd dawel, Culhwch!' arthiodd. 'Rwyt ti'n annheg i Arthur. Os wyt ti am gael Olwen yn wraig, mae'n bryd i ti dy hun ddechrau chwilio amdani. Fe ddo i gyda ti, ac os oes 'na'r fath ferch ag Olwen i'w chael yn y byd, fe ddown ni o hyd iddi.'

Chwilio am Olwen

Gwenodd Arthur yn garedig ar Culhwch, ac aros i'r dyn ifanc dawelu.

'Mae hwnna'n syniad da,' meddai. 'Gyda help Cai, rwyt ti'n siŵr o ddod i hyd i Olwen. Gall Cai ddal ei anadl am naw dydd a naw nos. Gall aros yn effro am naw dydd a naw nos. Gall dyfu mor dal â'r goeden dalaf, a gwneud pob math o gampau eraill. Ond i wneud yn hollol, hollol siŵr, fe anfona i bum marchog arall gyda chi.'

Roedd Arthur wedi dewis y marchogion yn ofalus iawn, a galwodd nhw ato, un ar y tro.

Bedwyr oedd y cyntaf. Roedd Bedwyr yn gallu ymladd yn well na thri milwr, hyd yn oed ag un fraich y tu ôl i'w gefn.

Yr ail oedd Cynddilig. Roedd Cynddilig yn gallu tywys pobl drwy bob gwlad yn y byd.

Y trydydd oedd Gwrhyr. Roedd Gwrhyr yn deall pob iaith yn y byd.

Y pedwerydd oedd Gwalchmai. Roedd Gwalchmai'n arbennig o dda am ddod o hyd i bethau.

A'r olaf oedd Menw, oedd yn gallu bwrw swynion.

'Dyna ti,' meddai'r Brenin Arthur. 'Fe gei di afael ar Olwen cyn pen dim.'

Gobeithio, wir, meddyliodd Culhwch yn chwyrn. Roedd e wedi hen flino ar aros am ei anrheg.

Gadawodd Culhwch a'r chwech marchog lys y Brenin Arthur y prynhawn hwnnw. Â Cynddilig yn eu tywys, teithion nhw am ddydd ar ôl dydd nes cyrraedd gwastadedd eang. Ym mhen pella'r gwastadedd hwn, safai caer fawr ddu.

'Dyna gartref y Pencawr,' meddai Gwalchmai.

'A chartref Olwen, felly!' gwaeddodd Culhwch mewn cyffro. 'Dewch i ni fynd yno ar unwaith! Ymlaen â ni!'

I ffwrdd ag e fel y gwynt, a'r lleill wrth ei sodlau. Ond er iddyn nhw redeg a rhedeg, roedd y gwastadedd mor eang, cymerodd dri diwrnod crwn iddyn nhw gyrraedd y cae lle safai'r gaer.

Roedd y cae'n llawn o ddefaid, ac yn eistedd ar dwmpath yn eu gwylio roedd bugail mewn côt o grwyn. Yn ei ymyl safai'r ci defaid mwyaf dychrynllyd a welodd neb erioed. Roedd mor fawr â cheffyl, ei anadl fel tân, a gwaed yn diferu o'i geg. Estynnodd ei ben at y marchogion a chwyrnu.

'Aw!' gwaeddodd Gwrhyr, a rhwbio'i fraich. 'Mae'i anadl yn llosgi.'

'Gwrhyr,' meddai Cai. 'Cer i siarad â'r bugail.'

‘Na wna i!’ atebodd Gwrhyr yn swta. ‘Dwi ddim yn mynd gam yn nes ar fy mhen fy hun. Dere di gyda fi.’

‘Arhoswch,’ meddai Mcnw. ‘Fe wna i fwrw swyn ar y ci.’

Mwmianodd Menw dan ei wynt, a syllu’n galed ar y ci, nes i’r creadur ddisgyn ar ei ochr a mynd i gysgu’n sownd. Pan ddechreuodd chwyrnu, aeth y marchogion i gyd i siarad â’r bugail.

‘Defaid pwy yw’r rhain?’ gofynnon nhw.

‘Am ddynion twp!’ atebodd y bugail. ‘Wyddoch chi ddim? Defaid fy mrawd, Ysbaddaden Bencawr, yw’r rhain.’

‘Dy frawd?’ gofynnodd Culhwch yn syn. ‘Mae’r cawr yn frawd i ti?’

‘Ydy, gwaetha’r modd,’ meddai’r bugail, gan graffu ar Culhwch. ‘Mae Ysbaddaden wedi difetha fy nheulu. Custennin ydw i.’

‘A fi yw ...’ meddai Culhwch.

‘Paid â dweud gair!’ meddai Custennin ar ei draws. ‘Dwi’n gwybod yn union pwy wyt ti. Dyn ifanc dwl sy eisiau priodi merch fy mrawd.’

‘Culhwch ydw i,’ mynnodd Culhwch.

‘Wel gwranda, Culhwch bach,’ meddai’r bugail, ‘dwi wedi gweld degau ar ddegau o ddynion yn dod i chwilio am Olwen, a does dim un erioed wedi gadael y lle yma'n fyw.'

'Fi fydd y cynta, felly,' atebodd Culhwch yn gadarn. Tynnodd fodrwy aur oddi ar ei fys a'i gwthio i ddwylo'r bugail. 'Fe gei di hon, os ei di â fi at Olwen.'

Ochneidiodd Custennin a chodi ar ei draed. Rhoddodd y fodrwy yn ei faneg, a brysio adre, a Culhwch a'r marchogion yn ei ddilyn.

'Arhoswch fan hyn,' gwaeddodd, pan gyrhaeddodd y drws. 'Dwi'n mynd i chwilio am fy ngwraig.'

Rhedodd Custennin i mewn i'r tŷ a dangos y fodrwy i'w wraig. Roedd ei wraig yn graig o fenyw, a'r fodrwy'n rhy fach i ffitio ar un o'i bysedd, ond astudiodd hi'r tlws yn ofalus.

'Ble cest ti hon?' gofynnodd.

'Gan lanc o'r enw Culhwch,' meddai'r bugail yn ei chlust.

'Culhwch!' meddai'i wraig, a gwên fawr yn lledu dros ei hwyneb. 'Culhwch! Dim ond un Culhwch sy yn y byd mawr crwn, a mab fy chwaer, Goleuddydd, yw hwnnw. Rhaid i fi roi croeso iddo. Ble mae'r bachgen annwyl?'

'Sh!' Ciledrychodd Cilydd i gyfeiriad y drws. 'Anghofia

amdano,' sibrydodd. 'Mae Culhwch wedi dod yma i chwilio am Olwen, a ti'n gwybod be sy'n digwydd i ddynion sy am briodi merch y cawr.'

'O! Druan bach!' meddai'i wraig. 'Mae'n rhaid i fi gael gair ag e, beth bynnag.'

Pan welodd hi ei nai ar garreg y drws, rhedodd ato â'i breichiau mawr ar led. Oni bai am Cai, byddai wedi gwasgu Culhwch yn ddim. Ond cododd Cai foncyff o'r pentwr wrth y lle tân, a'i wthio i'w breichiau mewn pryd. Gwasgodd hi hwnnw nes oedd e mor denau â brwynen.

'Fy annwyl nai,' llefodd. 'Er mwyn pawb sy'n dy garu, tro'n ôl. Cer adre. Paid â mynd i chwilio am Olwen.'

'Mae'n rhaid i fi,' ochneidiodd Culhwch. 'Dwi'n ei charu! Dwi am ei phriodi.'

'Ond bydd y cawr yn dy ladd,' meddai'r wraig. Cydiodd yn llaw Culhwch, ei lusgo tuag at gist fawr ac agor y clawr.

Er syndod i'r marchogion, neidiodd bachgen â gwallt golau o'r gist.

'Dyma Gorau, fy unig fab,' sibrydodd ei

fam, a sbecian yn ofnus i gyfeiriad y drws agored. 'Unwaith roedd ganddo ddau ddeg tri brawd. Lladdodd Ysbaddaden bob un ohonyn nhw, a nawr dwi'n gorfod cuddio Gorau, neu fe fydd e'n marw hefyd.'

Gwenodd y bachgen yn llon a hyderus ar y marchogion, a meddai Cai wrth ei fam, 'Alli di ddim cadw bachgen mor fywiog â hwn mewn cist. Gad iddo ddod gyda ni i chwilio am Olwen. Dwi'n addo ei gadw'n ddiogel.'

'Ie, gad i fi fynd, Mam,' ymbiliodd y bachgen. 'Mi fydda i'n farchog dewr, a byddi di'n falch iawn ohona i.'

Ochneidiodd ei fam a gwasgu'r mymryn boncyff oedd ar ôl nes oedd e'n ddim byd ond llwch. 'Mae Olwen yn dod yma bob wythnos i olchi'i gwallt,' meddai wrth Culhwch. 'Mi af i i alw arni nawr. Wedyn mi gei di siarad â hi, a falle fydd dim rhaid i ti fynd i unman.'

Wedi i wraig y bugail fynd i nôl Olwen, eisteddodd y marchogion wrth y bwrdd, a chwerthin a bwyta. Ond fwytodd Culhwch ddim tamaid, a ddwedodd e'r un gair, dim ond syllu ar y drws.

Pan ddisgynnodd cysgod enfawr, siâp merch, dros y drws, neidiodd Culhwch a rhedeg tuag ato â'i freichiau ar led. Dim ots pa mor fawr oedd Olwen, roedd e'n mynd i'w chofleidio a'i chofleidio a'i chofleidio, achos roedd e'n ei charu.

'Aw!' Trawodd yn erbyn bol mawr gwraig y bugail. Gwthiodd honno e o'r ffordd, a herciodd Culhwch i lawr y llwybr yn ei ddyblau.

Wrth hercian, gwelodd ddwy droed fach dwt yn dod tuag ato. Y tu ôl i'r ddwy droed roedd llwybr o flodau gwyn.

Llwybr gwyn! meddyliodd Culhwch â'i galon yn llamu. *Dim ond un enw yn y byd sy'n golygu 'llwybr gwyn' a'r enw hwnnw yw Olwen.*

Cododd Culhwch ei ben a chochi at fôn ei glustiau.

O'i flaen, mewn gwisg o sidan fflamgoch, safai'r ferch dlysaf yn y byd.

Roedd ei gwallt yn felynach na blodau'r banadl,

ei chroen yn wynnach nag ewyn y don,

ei llygaid yn fwy disglair na llygaid hebog ifanc,

ei bochau'n fwy coch na bysedd y cŵn,

a phob tro roedd ei hesgid yn cyffwrdd â'r llawr, roedd pedair meillionen wen yn tyfu yn ôl ei throed.

'Olwen!' sibrydodd Culhwch.

'Olwen!' mwmianodd Cai.

'Olwen!' sisialodd y marchogion i gyd, a gwridodd bob un, am ei bod hi'n amhosib edrych ar Olwen, heb syrthio mewn cariad â hi.

Ond, o bawb yn y byd, Culhwch oedd yn ei charu fwyaf. Cydiodd yn ei llaw, ei harwain i'r tŷ, a'i rhoi i eistedd ar y fainc yn ei ymyl. 'Prioda fi, Olwen,' meddai'n daer. 'Dere adre gyda fi.'

'Alla i ddim,' atebodd Olwen â gwên fach drist. 'Alla i ddim priodi heb ganiatâd fy nhad. Dwi wedi addo.'

'Fe ofynna i am ei ganiatâd,' meddai Culhwch.

'Na, paid wir,' atebodd Olwen, yn dristach fyth. 'Mae fy nhad yn mynd i farw ar ddydd fy mhriodas. Felly, os ei di i'r gaer, bydd e'n rhoi rhestr o dasgau anodd i ti. A hyd yn oed os wyt ti'n addo cyflawni'r tasgau, mae e'n siŵr o dy ladd. Does neb erioed wedi gadael y gaer yn fyw.'

'Dim ots gen i!' Neidiodd Culhwch ar ei draed. 'Fe af i i'r gaer, fe siarada i â dy dad, ac fe wna i'r tasgau i gyd. Dwi'n mynd i dy briodi di, Olwen!'

Y Tasgau Anodd

Aeth Culhwch, y marchogion a Gorau fab Custennin ar eu hunion i gaer y cawr. Roedd naw porthor praff a naw ci enfawr yn gwarchod y porth, ond sgubodd y marchogion nhw o'u ffordd, a mynd i mewn i'r gaer i chwilio am Ysbaddaden.

Eisteddai'r cawr wrth fwrdd yn y neuadd fawr. Roedd e'n flew i gyd. Ar ei ên tyfai barf mor flêr ac mor bigog â choeden ddrain, a disgynnai llwyn o wallt du dros ei dalcen. O dan y gwallt roedd ei lygaid ynghau.

'Mae e'n cysgu,' sibrydodd Culhwch. 'Fe ddeffra i e nawr.' Cododd ei ên a gweiddi'n groch, 'Henffych well, Ysbaddaden Bencawr.'

'Pwy wyt ti a beth wyt ti eisiau?' chwyrnodd y cawr. Doedd e ddim yn cysgu o gwbl.

'Mab y Brenin Cilydd ydw i,' atebodd Culhwch mewn llais dwfn. 'Dwi wedi dod yma, yng nghwmni marchogion Arthur, i ofyn am dy ganiatâd i briodi Olwen.'

'Hm! Gwell i fi weld sut un wyt ti, felly.' Cliciodd Ysbaddaden ei fysedd, a rhuthrodd pedwar gwas tuag ato â ffyrch enfawr yn eu dwylo. Gan chwythu a stryffaglu, dyma nhw'n rhoi'r ffyrch dan amrannau trwm y cawr a gwthio'i lygaid ar agor.

Syllodd y cawr ar Culhwch.

'Hm!' meddai eto. 'Rhaid i fi ystyried y mater. Dere'n ôl fory.'

'Fe wna i hynny,' meddai Culhwch yn gwta, a throi'i gefn ar y cawr.

Ar unwaith cipiodd Ysbaddaden un o'r tair gwaywffon wenwynig oedd yn pwyso ar ei gadair, a'i hyrddio ato. Daliodd Bedwyr y waywffon mewn pryd a'i hyrddio'n ôl, gan daro'r cawr yn ei ben-glin. Rhuodd Ysbaddaden nes bod y waliau'n crynu.

'Aaaa!' rhuodd. 'Melltith arnat ti, fab yng nghyfraith. Roedd hwnna'n waeth na phigiad pry llwyd. O hyn allan, bydda i'n hercian wrth fynd i lawr y rhiw.'

Ond chlywodd Culhwch 'run gair. Roedd e eisoes wedi gadael y gaer. Aeth e a'i ffrindiau i dŷ'r bugail, ac aros y nos yno.

Fore drannoeth, gwisgon nhw'u dillad gorau a mynd yn ôl i neuadd Ysbaddaden.

Yno siaradodd y marchogion ag un llais. 'Ysbaddaden Bencawr,' medden nhw. 'Gad i'n ffrind briodi dy ferch, achos, os na wnei di, bydd hi'n ddrwg arnat ti.'

'Ara' deg,' meddai'r cawr. 'Mae gan Olwen bedair hen nain a phedwar hen daid. Rhaid i fi siarad â nhw cyn rhoi ateb i chi.'

'Gwna hynny cyn fory 'te,' meddai'r marchogion, a cherdded i ffwrdd.

Cyn gynted ag iddyn nhw droi'u cefnau, chwibanodd yr ail waywffon wenwynig drwy'r awyr. Daliodd Menw hi mewn pryd, a'i thaflu'n ôl â'i holl nerth, gan drywanu'r cawr yn ei frest.

'A! Melltith arnat ti, fab yng nghyfraith!' bloeddiodd y cawr. 'Roedd hwnna mor boenus â brathiad gele. Nawr bydda i'n pwffian wrth gerdded i fyny'r rhiw.'

Aeth y marchogion adre i dŷ'r bugail. Drannoeth daethon nhw'n ôl i'r neuadd. Unwaith eto roedd Ysbaddaden yn eistedd wrth y bwrdd â'i lygaid ynghau.

'Ysbaddaden Bencawr,' medden nhw. 'Paid â thaflu gwaywffon arall aton ni. Wnaiff hynny ddim lles i ti.'

Snwffiodd Ysbaddaden a gorchymyn i'r gweision agor ei lygaid. Ond tra oedden nhw'n gwthio'r ffyrch i'w lle, cipiodd y cawr y drydedd waywffon a'i hyrddio at y marchogion. Y tro hwn Culhwch ddaliodd hi. Taflodd hi'n ôl a tharo'r cawr yn ei lygad.

'Melltith arnat ti, fab yng nghyfraith!' rhuodd Ysbaddaden. 'Roedd hwnna mor boenus â brathiad ci gwyllt. Nawr bydd dŵr yn diferu o fy llygad ddydd a nos. Ewch i ffwrdd!'

Aeth y marchogion i ffwrdd, ond daethon nhw'n ôl drannoeth.

'Os tafli di ragor o waywffyn, bydd hi ar ben arnat ti,' medden nhw wrth Ysbaddaden. 'Rywsut neu'i gilydd, fe wnawn ni'n siŵr bod Culhwch yn priodi dy ferch.'

'Culhwch? Am enw!' snwffiodd y cawr. 'Dere 'ma i fi gael dy weld di, Cul-hwch.'

Rhoddodd y gweision gadair ar y bwrdd o flaen Ysbaddaden, a neidiodd Culhwch

i fyny'n sionc. Eisteddodd i lawr, sythu'i gefn, codi'i ên a syllu i wyneb enfawr y cawr.

'Felly ti sy am briodi fy merch?' gofynnodd Ysbaddaden.

'Ie,' atebodd Culhwch. 'Ga i dy ganiatâd di?'

'Dim eto,' meddai'r cawr. 'Cyn i ti gael fy nghaniatâd, rhaid i ti addo casglu'r holl bethau dwi eisiau ar gyfer priodas Olwen.'

'Dwi'n addo,' meddai Culhwch. 'Dwed wrtha i beth ydyn nhw.'

'O, fe wna i,' atebodd y cawr, a chrechwenu. 'Fe wna i, â phleser.' Pwysodd yn ôl yn ei gadair a fflicio'i fys tuag at y ffenest ar y dde. 'Weli di'r llwyn coed draw fan'na? Dy dasg gyntaf fydd tynnu'r coed o'r pridd, eu llosgi, a thaenu'r lludw dros y tir. Wedyn, rhaid i ti drefnu i aredig y tir, plannu hadau, casglu'r cnwd, a'i ddefnyddio i baratoi bwyd a diod ar gyfer y briodas.'

'Hawdd,' meddai Culhwch.

'Ond!' meddai'r cawr, a'r wên yn lledu dros ei wyneb. 'Rhaid i ti wneud hynna i gyd mewn diwrnod.'

'Hawdd.' Cododd Culhwch ei ysgwyddau.

'A pheth arall,' meddai'r cawr, ac ysgwyd ei fys, 'dim ond dau ddyn yn y byd all aredig y cae, sef meibion Dôn, a wnaiff y ddau yna ddim gweithio i neb ond i frenin. A hyd yn oed petaen nhw'n cytuno i dy helpu di, mae'n rhaid cael pedwar ych arbennig i dynnu'r aradr. Mae dau o'r ychen yn perthyn i ddyn fydd yn gwrthod eu benthyg i ti, ac mae'r ddau arall yn crwydro'r bryniau yn y gogledd. Chei di byth afael arnyn nhw.'

'Mi wna i,' meddai Culhwch.

'Wnei di ddim,' wfftiodd y cawr yn llon. 'Nawr weli di'r cae fan draw?' Ffliciodd ei fys tuag at y ffenest ar y chwith. 'Flynyddoedd yn ôl, pan gwrddais â mam Olwen am y tro cynta, fe blannais i naw llond llestr o hadau llin yn y cae. Wnaethon nhw erioed dyfu, felly maen nhw'n dal yn y pridd. Dwi am i ti gasglu pob hedyn mewn un diwrnod a'u plannu mewn tir newydd, er mwyn gwneud penlliain i Olwen.'

'Hawdd,' meddai Culhwch.

‘Os wyt ti’n credu hynny, rwyt ti’n ffŵl,’ meddai’r cawr, a phiffian chwerthin. ‘Ta beth, mae rhagor i ddod. Ar gyfer y wledd briodas, dwi angen mêl sy naw gwaith yn felysach nag unrhyw fêl ar y ddaear, a chwpan arbennig, corn yfed a basged fwyd. Mae pob un yn eiddo i bobl wahanol, a fydd dim un ohonyn nhw’n fodlon eu rhoi i ti. Ac wrth gwrs, i ferwi’r bwyd, bydd angen crochan Diwrnach, gwas Odgar, brenin Iwerddon.’

‘Hawdd,’ meddai Culhwch. ‘Unrhyw beth arall?’

‘O, oes,’ meddai’r cawr â’i lygaid yn disgleirio. Roedd e’n mwynhau ei hun. ‘Mae’r gwesteion yn hoffi gwrando ar fiwsig. Bydd rhaid i ti gael gafael ar delyn Teirtu sy’n canu ohoni’i hun, ac adar Rhiannon, sy’n gallu deffro’r meirw, a suo’r byw i gysgu.’

‘Hawdd,’ atebodd Culhwch, gan ymestyn ei freichiau a dechrau codi o’r gadair. ‘Fe ddechreua i arni, ’te.’

‘Na, wnei di ddim,’ meddai’r cawr a’i wthio’n ôl â’i fys. ‘Dwi ddim wedi sôn amdana i eto. Fi yw tad y briodferch, felly mae’n rhaid i fi edrych yn dda.’

Dim gobaith, meddyliodd Culhwch. *Wyt ti wedi gweld dy hun yn y drych*?

'Rhaid i fi gael torri fy ngwallt ac eillio fy marf,' meddai.

'O, oes!' meddai Culhwch. 'Hen bryd!'

Chwarddodd Ysbaddaden a gwthio'i wyneb yn nes at Culhwch. 'Yn wahanol i ti, bry bach, mae gen i wallt rhagorol o gryf. All siswrn cyffredin ddim torri 'ngwallt i. All rasal cyffredin ddim eillio fy marf chwaith. Yr unig beth all eillio fy marf hyfryd i yw ysgithr Ysgithrwyn Pen Baedd, a rhaid i ti dynnu hwnnw o'i ben, pan fydd y baedd yn dal yn fyw. Be wyt ti'n feddwl o hynny?'

'Haw–' Tagodd Culhwch ar anadl ddrewllyd y cawr, a phesychu'n groch.

'Na, dyw e ddim yn hawdd.' Ysgydwodd Ysbaddaden ei fys. 'Ti'n gweld, dim ond un dyn sy'n ddigon cryf i dynnu'r ysgithr, sef Odgar, brenin Iwerddon. A dim ond un dyn all ofalu am yr ysgithr, sef Caw'r Pictiad. Mae Caw'n byw ymhell i ffwrdd yn y gogledd, a wnaiff e ddim trafferthu dod yma i dy helpu di.'

'Mi wna i ei berswadio,' meddai Culhwch. 'Hawdd.'

Tynnodd y cawr ei fysedd drwy'i farf a gyrru cawod o hen fwyd dros Culhwch. 'Cyn i fi ddechrau eillio,' meddai, 'rhaid sythu fy marf. Yr unig

beth all ei sythu yw gwaed y Wrach Orddu, merch y Wrach Orwen, sy'n byw ym Mhennant Gofid yn ucheldir Uffern. A'r unig bethau all gadw'r gwaed yn gynnes, yw poteli Gwiddolwyn Gorrach. Wrth gwrs, wnaiff y corrach ddim rhoi ei boteli i ti.'

'Gwnaiff, siŵr,' atebodd Culhwch, a sgubo'r bwyd oddi ar ei ddillad. 'Fe wna i ei orfodi.'

'Wedyn mae'n rhaid i fi dorri a steilio 'ngwallt,' meddai'r cawr gan esgus twtio'r llwyn ar ei ben. 'Yn anffodus i ti, dim ond un grib ac un siswrn yn y byd all drin fy ngwallt a 'marf. A dyfala ble maen nhw? Rhwng clustiau Twrch Trwyth, y baedd mwyaf ffyrnig a dychrynllyd yn y byd!'

'Baedd arall?' wfftiodd Culhwch. 'Fydd hwnnw ddim problem.'

'Bydd siŵr!' meddai'r cawr a chlecian ei wefusau. 'Achos, cyn hela'r Twrch Trwyth, mae'n rhaid i ti gael ci arbennig iawn, sef Drudwyn, ci Graid fab Eri.'

'Haw–'

'A dim ond un tennyn all ddal y ci, sef tennyn Cors Cant Ewin. A dim ond un coler all ddal y tennyn, sef coler Canhastyr Can Llaw. A dim ond un gadwyn all ddal y tennyn a'r coler, sef cadwyn Cilydd Canhastyr.'

'Hawdd,' meddai Culhwch. 'Fe ga i afael ar y ci a hela'r baedd.'

'Na, wnei di ddim.' Gwthiodd y cawr ei drwyn mawr i wyneb Culhwch. 'Dim ond un dyn yn y byd all drin y ci, sef Mabon fab Modron. Pan oedd Mabon yn dair nos oed, cipiwyd e o freichiau'i fam, a does neb yn gwybod ble mae e. Chei di byth afael arno.'

'Fe wna i,' atebodd Culhwch.

'Na, wnei di ddim,' meddai'r cawr yn fodlon. 'Yr unig berson all ddod o hyd iddo yw ei gefnder, Eidoel fab Aer, a does neb yn gwybod ble mae e chwaith.'

Chwythodd Culhwch y gwynt o'i fochau. 'Fe ga i afael ar Eidoel,' meddai. 'Wedyn fe ga i afael ar Mabon.'

'Hyd yn oes os cei di afael arno,' meddai'r cawr, 'bydd raid i ti gael ceffyl arbennig ar ei gyfer. Enw'r ceffyl yw Gwyn Myngddwn. Fydd ei berchennog ddim yn fodlon ei roi i ti.'

'Wrth gwrs bydd e,' mynnodd Culhwch.

'O, gyda llaw,' meddai'r cawr, ac esgus gwenu'n ddel. 'Rhaid i ti hefyd gipio rasal o ben Twrch Trwyth. A chwilio am bedwar ci arall i dy helpu i hela'r baedd. Cŵn bach Gast Rhymhi yw dau ohonyn nhw. Maen nhw'n gryf ac yn wyllt a dim ond …'

'Dim ond un tennyn yn y byd all eu dal!' ochneidiodd Culhwch, a rholio'i lygaid. 'Dwi'n gwybod.'

'A rhaid gwneud y tennyn o flew barf Dillus Farfog.' Winciodd y cawr. 'A dyfala be? Rhaid i ti ddefnyddio gefel bren i dynnu'r blew o ên Dillus, tra mae'n dal yn fyw.'

'Hawdd,' meddai Culhwch.

'A dim ond un dyn sy'n ddigon cryf i ddal y tennyn,' meddai'r cawr. 'Ei enw yw Cyledyr Wyllt. Ac mae e'n wyllt iawn, iawn, cred ti fi! Mae naw gwaith gwylltach nag unrhyw greadur.'

'Dim ots gen i,' atebodd Culhwch.

'O, ac un peth arall,' meddai'r cawr, a gwneud llygaid mawr. 'Mae'n amhosib hela Twrch Trwyth heb help Gwyn fab Nudd. Mae ysbryd y diafol yn Gwyn. Mae e'n byw yn y Byd Arall, a wnaiff e ddim gadael fan'no er dy fwyn di. A phe bai e'n gwneud, bydd e angen …'

'Ceffyl arbennig,' meddai Culhwch. 'P'un nawr?'

'Du, ceffyl Moro Oerfeddog,' giglodd y cawr.

'Hawdd!' meddai Culhwch.

'Hawdd!' meddai'r cawr mewn llais bach gwan, gan esgus dynwared Culhwch. 'Na, dyw e ddim yn hawdd o gwbl, bry bach. Rwyt ti'n meddwl y cei di help y brenin Arthur, dy gefnder, i ddod o hyd i'r pethau hyn. Ond chei di ddim. Dwi'n gryfach nag Arthur.'

Y tro hwn, ddwedodd Culhwch 'run gair, dim ond gwenu'n dawel.

Pan welodd e'r wên, gwylltiodd y cawr. Trawodd y bwrdd yn galed â'i ddwrn, nes bod cadair Culhwch yn sboncio i'r awyr. Ond daliodd Culhwch ati i wenu, a gwylltiodd y cawr yn fwy fyth.

'Cyn i ti allu dal Twrch Trwyth,' chwyrnodd ar un gwynt, 'bydd raid i ti gael help Brenin Ffrainc. A help y tri brawd Bwlch, Cyfwlch a Syfwlch,

eu tarianau,

eu gwaywffyn,

eu cleddyfau,

eu cŵn,

eu ceffylau,

eu gwragedd,

eu gwrachod,

eu merched,

a'u tair morwyn, sef Drwg, Gwaeth a Gwaethaf Oll.

Ac os llwyddi di i ddal Twrch Trwyth, yr unig gleddyf all ei ladd yw cleddyf Wrnach Gawr, a wnaiff e ddim rhoi'i gleddyf i ti.'

Gwichiodd Ysbaddaden. Roedd e wedi rhedeg allan o wynt.

Gwenodd Culhwch yn fwy fyth.

'Rwyt ti'n anghywir,' meddai'n bendant. 'Fe ga i help gan Arthur ac fe brioda i dy ferch di.'

'Cawn ni weld,' meddai Ysbaddaden. 'Cer i ffwrdd! A chofia, mae'n rhaid i ti gyflawni bob un o'r tasgau. Bob un, o'r dechrau i'r diwedd. Os methi di wneud un peth bach, chei di fyth briodi Olwen.'

Cleddyf Wrnach Gawr

Neidiodd Culhwch i lawr o'r bwrdd a cherdded i ffwrdd yn ffroenuchel. Ond ar ôl mynd o olwg y cawr, dechreuodd brancio fel oen.

'Mae Ysbaddaden yn meddwl na cha i fyth afael ar yr holl bethau ar ei restr, ond mae e'n anghywir. Mae e'n anghywir!' gwaeddodd, gan bwnio'r awyr. 'Fe ffeindia i bopeth, a dwi'n mynd i ddechrau nawr nesa. Beth yw'r peth cynta ar y rhestr?'

'Y peth cynta yw mynd yn ôl at y Brenin Arthur,' meddai Cai.

'Na!' wfftiodd Culhwch. 'Bydd hynny'n wastraff amser. Mae llys Arthur yn rhy bell i ffwrdd a dwi eisiau cychwyn ar y tasgau ar unwaith, achos dwi eisiau priodi Olwen cyn gynted ag y galla i.'

'Heb y Brenin Arthur wnei di 'mo'i phriodi o gwbl,' meddai Cai'n swta. 'Mae'n rhaid i ti gael help.'

Gwgodd Culhwch yn gas. Ond, wrth gwrs, roedd Cai'n llygad ei le. Gorau po gynta y cyrhaedden nhw'r brenin. Felly, gan snwffian, trodd Culhwch tua'r de ac arwain y ffordd i lys Arthur.

Teithiodd Culhwch a'i ffrindiau'n ddyfal drwy'r dydd. Wrth iddi ddechrau nosi, cyrhaeddon nhw gaer enfawr o gerrig a mortar, y gaer fwyaf yn y byd i gyd.

'Tybed pwy sy'n byw yma?' gofynnodd un i'r llall.

Ar y gair, cerddodd dyn enfawr â gwallt du drwy'r porth, ac aethon nhw i ofyn iddo fe hefyd.

'Pwy sy'n byw yn y gaer?' meddai'r dyn yn syn. 'Am ddynion twp! Wyddoch chi ddim mai caer Wrnach Gawr yw hon?'

'Wrnach Gawr!' ebychodd Culhwch. 'Fe yw'r cawr sy–'

'Sh!' rhybuddiodd Cai.

'Ie, fe yw'r cawr sy'n lladd ei ymwelwyr i gyd,' meddai'r dyn. 'Dim ond crefftwyr sy'n cael mynd i mewn, a does dim un erioed wedi gadael y lle yma'n fyw.'

Plyciodd Culhwch lawes Cai. 'Wrnach yw'r cawr sy'n berchen ar gleddyf fydd yn lladd Twrch Trwyth,' parablodd, cyn gynted ag i'r dyn fynd i ffwrdd. 'Dyna un o'r tasgau. Rhaid i fi gipio'r cleddyf. Dwi'n mynd nawr.'

'Aros!' Tynnodd Cai e'n ôl. 'Cer i weld a oes rhywun wrth y porth,' meddai wrth Gwrhyr.

Aeth Gwrhyr at y porth, a gweiddi, 'Oes porthor yma?'

'Oes, wrth gwrs,' atebodd llais o'r tu mewn. 'Ddylet ti golli dy ben am ofyn cwestiwn mor dwp. Beth wyt ti eisiau?'

'Agor y porth,' meddai Gwrhyr.

'Na!' Sbeciodd y porthor drwy dwll.

'Pam lai?'

'Rwyt ti'n rhy hwyr. Mae gwesteion Wrnach yn eistedd wrth y bwrdd. Mae'r gyllell yn y cig a'r ddiod yn y llestr corn. A beth bynnag, dim ond crefftwyr sy'n cael dod i mewn.'

'Dwi'n grefftwr,' meddai Cai.

'Wyt ti?' Craffodd y porthor arno'n fanwl.

'Ydw,' atebodd Cai. 'Fi yw'r gorau yn y byd am roi sglein ar gleddyf.'

'Oho!' meddai'r porthor. 'Aros fan'na.' Brysiodd i'r neuadd lle roedd Wrnach yn cnoi hanner mochyn.

'Pa newyddion o'r porth?' gofynnodd y cawr.

'Mae criw o farchogion wedi cyrraedd ein caer,' atebodd y porthor. 'Mae un ohonyn nhw'n dweud mai fe yw'r gorau yn y byd i gyd am roi sglein ar gleddyf.'

‘A!’ Gollyngodd Wrnach y cig ar unwaith a sychu’i fysedd ar ei farf. ‘Mae eisiau sgleinio fy nghleddyf i,’ meddai. ‘Dwed wrtho am ddod i mewn.’

Aeth y dyn yn ôl at y porth a’i agor fymryn bach. ‘I mewn â ti,’ meddai wrth Cai. ‘Na, dim ti!’ chwyrnodd wrth Culhwch, a gwthio’i law i’w wyneb.

Aeth y porthor â Cai i’r neuadd.

‘Felly, ti yw’r sgleiniwr gorau yn y byd,’ meddai Wrnach, gan lusgo cleddyf o’i wain. Roedd y cleddyf yn drwch o waed, darnau o esgyrn a thyllau rhwd. ‘Gawn ni weld be wnei di â hwn.’

Eisteddodd Cai ar gadair o flaen Wrnach, a rhoi'r cleddyf i orwedd ar ei lin. Yna tynnodd garreg hogi o dan ei gesail a dechrau sgleinio un ochr i'r llafn. Rhwbiodd a rhwbio nes bod y llafn yn disgleirio fel y sêr yn yr awyr.

Disgleiriodd llygaid y cawr hefyd. *Trueni bod yn rhaid i fi ladd hwn,* meddyliodd. *Mae e'n grefftwr gwych.*

'Dwi wedi bod yn chwilio am sgleiniwr da ers tro,' meddai wrth Culhwch. 'Oes gen ti ffrind sy'n gallu sgleinio fel ti?'

'Mae gen i ffrind wrth y porth,' meddai Cai. 'Bedwyr yw ei enw. Dyw e ddim yn gallu sgleinio, ond mae ganddo sgìl arbennig iawn. Gall dynnu'r pen oddi ar ei waywffon, ei daflu nes tynnu gwaed o'r gwynt, a gadael iddo ddisgyn yn ôl ar y goes.'

'Dos i nôl y Bedwyr 'ma ar unwaith,' meddai Wrnach wrth y porthor.

Rhedodd y dyn at y porth a gwthio'i ben allan.

'Bedwyr!' gwaeddodd.

Sleifiodd Culhwch at y porth, a cheisio dilyn Bedwyr, ond tynnodd Cynddilig a Menw e'n ôl a chydio ynddo'n dynn. Aeth Culhwch o'i go. Gwylltiodd yn waeth fyth, pan welodd Gorau a Gwalchmai'n dringo dros y wal ac yn mynd i mewn i'r gaer.

‘Gadewch i fi fynd gyda nhw!’ rhuodd ar Menw a Cynddilig, ond dim ond cydio ynddo’n dynnach wnaeth y ddau.

Rhedodd Gorau a Gwalchmai i mewn i’r neuadd a chuddio y tu ôl i biler. Welodd neb nhw. Roedd pawb yn rhy brysur yn edmygu cleddyf y cawr. Roedd Cai wedi sgleinio ochr arall y llafn nes oedd hi’n disgleirio fel yr haul ei hun.

‘Dwi erioed wedi gweld fy nghleddyf yn disgleirio fel hyn,’ meddai Wrnach yn falch. ‘Fel arfer mae rhwd drosto i gyd.’

‘Falle mai’r wain sy’n achosi’r rhwd,’ meddai Cai. ‘Gad i fi ei gweld hi.’

Tynnodd y cawr ei wain a’i hestyn i Cai. Safodd Cai ar ei draed. Cododd y cleddyf yn uchel i’r awyr ac esgus ei wthio i’r wain, ond ar yr eiliad ola’, chwyrlïodd tuag at y cawr a thorri’i ben i ffwrdd. Ar unwaith sleifiodd Gorau a Gwalchmai o’u cuddfan. Cipion nhw lond eu breichiau o drysorau Wrnach, a dilyn Cai a Bedwyr at y porth.

Pan welodd Culhwch y porth yn agor, gwingodd yn rhydd a rhedeg at Cai i gwyno.

‘Mae’r ddau ffŵl yma,’ chwyrnodd, a gwgu ar Menw a Cynddilig, ‘wedi gwrthod gadael i fi ...’

Ond ddwedodd e ddim mwy, a diflannodd ei dymer ddrwg gyda'r gwynt.

Yn llaw Cai, yn disgleirio fel yr haul, roedd cleddyf Wrnach Gawr.

Estynnodd Cai'r cleddyf i Culhwch, a chariodd Culhwch e'n ofalus bob cam i lys Arthur.

Roedd wedi cwblhau ei dasg gyntaf.

Chwilio am Mabon fab Modron

Roedd Culhwch a'i ffrindiau wedi bod i ffwrdd am flwyddyn a diwrnod. Pan gyrhaeddon nhw'n ôl i lys Arthur, cawson nhw groeso mawr. Aeth y brenin â nhw i'r neuadd.

'Pa newyddion?' gofynnodd.

'Newyddion da!' meddai Culhwch. 'Dwi wedi dod o hyd i Olwen, a dwi'n mynd i'w phriodi. Ond yn gynta ...'

Eisteddodd yn ymyl y brenin, tra oedd y gweision yn dod â'r bwyd, a dweud wrtho am y tasgau anodd. Gwrandawodd y brenin yn astud.

'Bydd angen help arnat ti,' meddai'n ddwys, pan ddaeth y rhestr i ben.

'Yn ôl Ysbaddaden, wnei di ddim fy helpu,' meddai Culhwch.

'A beth wyt ti'n feddwl?'

'Dwi'n gwybod y gwnei di.'

Gwenodd Arthur a churo cefn ei gefnder. Bachgen digon anghwrtais oedd Culhwch pan adawodd e'r llys y flwyddyn gynt. Roedd e'n gallach o lawer erbyn hyn.

'Rwyt ti'n iawn,' meddai'r brenin. 'Fe ddanfona i fy marchogion i gasglu'r holl bethau ar gyfer y wledd briodas, ond fe wna i fy hun fynd ati i hela'r baeddod. A'r peth cynta dwi am wneud yw chwilio am yr unig ddyn all drin Drudwyn, y ci fydd yn hela Twrch Trwyth.'

'Mabon fab Modron yw enw'r dyn,' meddai Culhwch, oedd yn cofio pob un o dasgau'r cawr. 'Ond cyn i ni fynd i chwilio am Mabon, rhaid i ni gael gafael ar ei gefnder, Eidoel fab Aer.'

'I ffwrdd â ni chwilio am Eidoel, felly,' meddai'r brenin.

Galwodd Arthur ei filwyr a gadawon nhw'r llys fore drannoeth. Ar ôl crwydro'r wlad am ddyddiau, cyrhaeddon nhw gastell ger copa mynydd, a churo ar y porth.

Daeth perchennog y castell i sefyll ar y tŵr uchaf un.

'Arthur!' gwaeddodd. 'Gliwi ydw i, a fi biau'r castell. Does dim yn tyfu ar fy nhir a does gen i ddim byd gwerth ei ddwyn. Pam wyt ti'n fy mygwth fel hyn?'

'Dwi ddim yn dy fygwth di,' atebodd Arthur. 'Dwi'n chwilio am Eidoel fab Aer.'

'Mae Eidoel yn garcharor yma,' meddai Gliwi.

'Wnei di ei ollwng yn rhydd?'

'Gwnaf siŵr,' oedd yr ateb.

Cyn pen dim agorodd porth y castell a daeth Gliwi â'i garcharor allan, a'i gyflwyno i'r brenin.

'Dyma Eidoel. Ac os oes angen rhywbeth arall arnat ti, dwi bob amser yn barod i helpu,' meddai wrth Arthur.

Allai Culhwch ddim credu'i glustiau. 'Wel, roedd hynna'n hawdd,' meddai wrth Cai. 'Doeddwn i ddim yn disgwyl i'r dasg fod mor hawdd, er i fi esgus o flaen Ysbaddaden.'

Chwarddodd Cai a throi at Arthur. 'Frenin ardderchog,' meddai. 'Mae Culhwch yn iawn. Roedd honna'n dasg hawdd. Ddylet ti ddim gwastraffu dy amser ar dasgau o'r fath. Cer â dy filwyr adre. Gyda help Eidoel, fe awn ninnau ymlaen i chwilio am Mabon fab Modron.'

Cytunodd Arthur ar unwaith, ond cyn mynd, rhoddodd air o gyngor. 'Os ydych chi am ddod o hyd i Mabon fab Modron,' meddai, 'gofynnwch am help hen, hen greaduriaid ein gwlad. Os dwedwch chi mai fi sy'n eich anfon, byddan nhw'n siŵr o'ch helpu.'

Teithiodd Arthur yn ôl i'w lys yng Ngelli Wig yng Nghernyw, ac aeth Culhwch yn ei flaen i chwilio am Mabon fab Modron, yng nghwmni'r marchogion ac Eidoel fab Aer.

Un diwrnod, cyrhaeddon nhw Gilgwri, lle roedd hen fwyalchen yn byw. Cofiodd Gwrhyr gyngor Arthur, ac aeth i siarad â hi.

'Fwyalchen Cilgwri,' meddai. 'Er mwyn Duw, dwed wrthon ni ble mae Mabon fab Modron, gafodd ei gipio o wely'i fam, pan oedd yn dair nos oed.'

'Dwi'n hen,' canodd y Fwyalchen yn fwyn. 'Pan ddois i yma gyntaf, yn gyw bach, roedd hen eingion gof yn sefyll yn y lle hwn. Bob nos ro'n i'n sychu fy mhig ar yr eingion fawr, drom. Wrth i fi rwbio, aeth yr eingion yn llai ac yn llai ac yn llai, a rŵan does dim ohoni ar ôl. Yn ystod yr holl flynyddoedd gymerodd hi i'r eingion ddiflannu, chlywais i erioed am Mabon fab Modron.'

'Dim unwaith?' meddai Culhwch.

'Dim unwaith,' atebodd y Fwyalchen. 'Ond gan mai negeswyr Arthur ydych chi, mae'n rhaid i fi'ch helpu, felly mi a' i â chi at greadur sy'n hŷn na mi.'

Hedfanodd y Fwyalchen at fryn gwyrddlas, lle roedd hen garw'n pori rhwng y rhedyn.

'Garw Rhedynfre,' galwodd Gwrhyr. 'Rydyn ni'n chwilio am Mabon fab Modron, gafodd ei gipio o wely'i fam, pan oedd yn dair nos oed. Wyt ti'n gwybod ble mae e?'

'Dwi'n hen iawn,' meddai'r Carw. 'Pan ddois i yma gyntaf, yn garw bach, roedd coeden fechan yn tyfu ar y bryn. Tyfodd y goeden yn dderwen fawr â chant o ganghennau. Ymhen amser pydrodd y dderwen a syrthio i'r llawr, a rŵan dim ond darn bach ohoni sy ar ôl. Yn ystod yr holl amser gymerodd hi i'r dderwen dyfu a marw, chlywais i erioed am Mabon fab Modron.'

'Dim unwaith?' meddai Culhwch.

'Dim unwaith,' atebodd y Carw. 'Ond gan mai negeswyr Arthur ydych chi, mae'n rhaid i fi'ch helpu, felly mi a' i â chi at greadur sy'n hŷn na mi.'

Cerddodd y Carw'n osgeiddig o'u blaenau, nes dod at gwm coediog. Ar gangen lwyd roedd Tylluan yn cysgu.

'Dylluan Cwm Cawlwyd,' galwodd Gwrhyr. 'Rydyn ni'n chwilio am Mabon fab Modron, gafodd ei gipio o wely'i fam, pan oedd yn dair nos oed. Wyt ti'n gwybod ble mae e?'

Agorodd y Dylluan ei llygaid mawr. 'Pe bawn i'n gwybod, mi ddwedwn i wrthoch chi,' meddai. 'Dwi'n hen iawn, iawn. Pan ddois i yma gyntaf, roedd y cwm yn llawn coed. Torrodd dynion y coed i gyd, a thyfodd coedwig arall yn eu lle. Torron nhw honno hefyd. Y goedwig welwch chi rŵan ydy'r drydedd goedwig i sefyll fan hyn. Yn ystod y blynyddoedd maith gymerodd hi i'r dair coedwig dyfu, chlywais i erioed am Mabon fab Modron.'

'Dim unwaith?' gofynnodd Culhwch yn drist.

'Dim unwaith,' atebodd y Dylluan. 'Ond mae 'na greadur sy'n hŷn na mi. Fo ydy'r creadur hynaf yn y byd, a'r un sy wedi teithio bellaf dros y ddaear hon. Mi a' i â chi ato. Negeswyr Arthur ydych chi, ac mae'n rhaid i fi'ch helpu.'

Fflapiodd y dylluan ei hen, hen adenydd ac arwain y marchogion at lwyn o goed gwern. Disgynnodd eryr drwy'r brigau a glanio yn eu hymyl.

'Eryr Gwernabwy,' meddai Gwrhyr. 'Rydyn ni'n chwilio am Mabon fab Modron gafodd ei gipio o wely'i fam pan oedd yn dair nos oed. Wyt ti'n gwybod ble mae e?'

'Dwi'n rhyfeddol o hen,' atebodd yr Eryr. 'Pan ddois i yma gyntaf, amser maith, maith yn ôl, byddwn i'n sefyll ar graig ac yn pigo'r sêr. Dros y blynyddoedd mi faluriodd y graig dan fy nhraed. Rŵan dim ond carreg fach sy ar ôl. Yn ystod yr holl flynyddoedd gymerodd hi i'r graig falurio, chlywais i erioed am Mabon fab Modron.'

'Be wnawn ni felly?' llefodd Culhwch.

'Mi ddweda i wrthot i,' meddai'r Eryr. 'Un diwrnod, pan o'n i'n pysgota yn Llyn Lliw, mi blannais fy nghrafangau mewn eog enfawr. Tynnodd yr eog fi dan y dŵr a bron iawn i mi foddi. Ar ôl dianc, casglais fy nheulu at ei gilydd a mynd yn ôl i'w ladd. Ond eog call iawn oedd hwn. Anfonodd neges o heddwch ata i, a daethon ni'n dau'n ffrindiau. Mi wnes i hyd yn

oed dynnu hanner cant o bicellau pysgota o'i gefn. Os medr unrhyw un dy helpu, yr Eog ydy hwnnw.'

'Yna dos â ni ato, da ti,' meddai Culhwch yn daer.

Cododd yr Eryr yn urddasol i'r awyr a hedfan o'u blaen i Lyn Lliw.

'Eog Llyn Lliw, fy ffrind,' galwodd. 'Dwi wedi dod â negeswyr Arthur i dy weld. Maen nhw'n chwilio am Mabon fab Modron gafodd ei gipio o wely'i fam pan oedd yn dair nos oed.'

Cododd pen enfawr yr Eog o'r dŵr.

'Mabon?' meddai, a'i lais yn byrlymu. 'Dwi erioed wedi clywed y fath enw.'

'Dim erioed?' llefodd Culhwch.

'Dim erioed,' atebodd yr Eog. 'Ond bob tro mae'r llanw'n uchel, dwi'n nofio i fyny'r afon i Gaerloyw. Mae 'na rywbeth drwg iawn yn digwydd yno. Os nad ydych chi'n credu, dewch ar fy nghefn.'

'Dere gyda fi, Gwrhyr,' meddai Cai. 'Fe awn ni'n dau.'

Dringodd y ddau farchog ar gefn yr Eog a hwylio'n gyflym i fyny'r afon nes cyrraedd dinas Caerloyw. Ger tro yn yr afon safai castell mawr. Yn y castell roedd rhywun yn ochneidio mor enbyd nes gwneud i'r waliau grynu.

'Pwy sy 'na?' galwodd Gwrhyr.

'Carcharor sy'n cael ei drin yn waeth nag unrhyw garcharor a fu erioed,' llefodd llais torcalonnus. 'Fi ydy Mabon fab Modron.'

'Mabon fab Modron!' gwaeddodd y marchogion yn falch. 'Rydyn ni wedi dod i dy achub di! Faint sy raid i ni dalu i ti gael dod yn rhydd?'

'Dim ond drwy ymladd y do i'n rhydd,' wylodd Mabon.

'Yna fe ddown ni'n ôl ac ymladd,' addawodd Cai.

Aeth yr Eog â'r ddau farchog yn ôl at Culhwch a'i ffrindiau. Roedd Culhwch ar bigau'r drain, pan glywodd fod Mabon yn agos.

'Dewch i ni fynd i'w achub e nawr,' crefodd. 'Fe ddringa i ar gefn yr Eog.'

'Na, aros!' meddai Cai. 'Dyw hon ddim yn dasg hawdd. Rhaid i ni gael help Arthur.'

Brysion nhw'n ôl ar eu hunion i lys y brenin. Cyn gynted ag y clywodd Arthur eu neges, casglodd ei filwyr a'u harwain i Gaerloyw. Tra oedd y milwyr yn ymosod ar y ddinas, hwyliodd Cai a Bedwyr i'r castell ar gefn yr Eog. Sleifiodd y ddau drwy'r porth, a chipio Mabon o'i gell. Yna, gan ymladd â'r gwarchodwyr â'i law dde, cariodd Cai'r carcharor i ddiogelwch ar ei ysgwydd chwith.

Roedd Mabon yn rhydd o'r diwedd. Â gwên ar ei wyneb am y tro cyntaf ers blynyddoedd, aeth yn ôl gydag Arthur i Gelli Wig.

Cŵn ...

Ychydig ddyddiau'n ddiweddarach, marchogodd Culhwch ar ras i'r llys. Roedd ganddo newyddion pwysig i'r brenin.

Roedd Arthur yn sefyll ar furiau'i gaer. Rhedodd Culhwch i fyny ato.

'Mae'n rhaid i ni gael dau gi arbennig i'n helpu i hela Twrch Trwyth,' meddai â'i wynt yn ei ddwrn. 'Dau gi bach Gast Rhymhi. A dwi'n gwybod ble maen nhw! Maen nhw yn Aber Dau Gleddyf.'

'A beth yw eu siâp?' holodd y brenin.

'Siâp?' gwichiodd Culhwch. 'Siâp cŵn wrth gwrs. Dau gi ydyn nhw!'

'Paid â bod mor siŵr,' atebodd y brenin. 'Creadur cyfrwys yw Gast Rhymhi. Mae hi a'i chŵn bach yn gallu newid eu siâp. Ond dim ots. Fe ddown ni o hyd iddyn nhw.'

Fore drannoeth, gyda'r wawr, aeth Arthur a'i filwyr i chwilio am yr ast. Marchogon nhw i Aber Dau Gleddyf a chyrraedd tŷ dyn o'r enw Tringad.

'Wyt ti wedi gweld Gast Rhymhi?' galwodd Arthur.

'Ydw, gwaetha'r modd,' snwffiodd Tringad.

'Be sy'n bod?' gofynnodd y brenin. 'Pa siâp yw hi?'

'Siâp blaidd.' Snwffiodd Tringad eto a sychu'i drwyn ar ei fraich. 'Mae hi a'i dau genau'n byw mewn ogof ger y môr, ac maen nhw'n lladd fy anifeiliaid.'

'Paid â phoeni. Fe ddaliwn ni hi,' meddai'r brenin.

Aeth Arthur a'i ddynion ar fwrdd y llong *Prydwen* a hwylio dros y môr tua'r ogof. Cripiodd Culhwch a'i ddynion tuag ati dros y caeau. Cyn hir roedden nhw wedi amgylchynu'r ast a'i gorfodi hi a'i chŵn i droi'n ôl i'w siâp cywir. Ar ôl iddyn nhw wneud hynny, cipiodd y Brenin Arthur y ddau genau ifanc.

‘A’ i â nhw’n ôl i’r llys ar unwaith,’ meddai’r brenin, ‘a’u cadw nes daw’r amser i hela Twrch Trwyth.’

… Morgrug …

Tra oedd Arthur yn teithio’n ôl i Gelli Wig, aeth ei farchogion i chwilio am y pethau eraill ar restr Ysbaddaden.

Yn gynnar un bore, pan oedd Gwythyr fab Greidol yn cerdded dros y bryniau, clywodd wichian torcalonnus. Ar gopa'r bryn uwch ei ben, roedd y rhedyn ar dân, a'r fflamau'n rhuthro tuag at dwmpath morgrug. Â bloedd groch tynnodd Gwythyr ei gleddyf. Rhedodd i fyny'r llethr, torri'r twmpath o'r bôn, ei godi, a'i gario i ddiogelwch.

Rhedodd llu o forgrug o'r twmpath. 'Bendith Duw arnat ti, farchog,' gwichion nhw i gyd. 'Rwyt ti wedi'n helpu. Sut gallwn ni dy helpu di?'

Gwenodd Gwythyr. 'Peidiwch â phoeni,' meddai'n garedig. 'Go brin y gall creaduriaid pitw fel chi helpu un o farchogion Arthur.'

'Ond rydyn ni'n dda am ddod o hyd i bethau,' meddai'r morgrug. 'Yn enwedig pethau bach sy'n cuddio yn y ddaear.'

'Pethau bach fel hadau?' gofynnodd Gwythyr yn syn.

'Wrth gwrs,' atebodd y morgrug.

'Yna fe allwch chi fy helpu,' meddai Gwythyr â gwên fawr. 'Yn agos i'r fan hon mae cae. Flynyddoedd maith yn ôl cafodd naw llond llestr o hadau llin eu plannu yn y cae, ond methon nhw dyfu. Rhaid i fi gasglu pob hedyn, ac yna'u hailblannu er mwyn gwneud penlliain i ferch y cawr Ysbaddaden. A rhaid i fi wneud hyn cyn nos.'

'Iawn,' meddai'r morgrug yn siriol. 'Dos di i gasglu'r llestri, ac mi gasglwn ni'r hadau.'

Brysiodd Gwythyr i nôl naw llestr, a'u rhoi yma ac acw ar y cae. Yna ciliodd o ffordd y morgrug a'u gwylio'n rhedeg yn rhesi hir at y llestri â hedyn yng ngheg pob un.

Gweithion nhw'n ddiwyd am ddiwrnod cyfan, ac wrth iddi ddechrau nosi, aeth Gwythyr i edrych ar y llestri.

'Mae'r llestr cyntaf yn llawn,' meddai'n llon. 'A'r ail, y trydydd, y pedwerydd, pumed, chweched, seithfed, wythfed.' Ond pan gyrhaeddodd y nawfed llestr, aeth ei wyneb yn welw. Doedd y nawfed llestr ddim yn llawn. Roedd un hedyn ar goll, a'r haul bron â machlud!

'Be wna i? Be wna i?' llefodd Gwythyr. 'Wn i ddim ble i ddechrau chwilio am yr hedyn.'

Ar y gair teimlodd rywbeth yn goglais ei droed. Roedd morgrugyn cloff yn hercian heibio â'r hedyn olaf yn ei geg. Estynnodd Gwythyr ei law, codi'r creadur bach, a'i helpu i daflu'r hedyn olaf i'r llestr.

Roedd y nawfed llestr yn llawn.

Dathlodd Gwythyr a'r morgrug wrth i'r haul fynd i lawr. Gyda'i gilydd, roedden nhw wedi casglu'r hadau fyddai'n gwneud penlliain i Olwen.

... a Barf Rhyfelwr

Tra oedd Gwythyr yn casglu'r hadau, roedd Cai a Bedwyr yn eistedd ar fynydd arall tua'r gogledd. Enw'r mynydd oedd Pumlumon.

Roedden nhw'n gwylio colofn o fwg yn codi i'r awyr. Er bod gwynt cryf yn chwythu, roedd y golofn mor syth â gwaywffon.

'Dyna fwg rhyfelwr,' meddai Bedwyr.

Sbecion nhw dros y mynydd, a gweld cawr mawr ffyrnig yn rhostio baedd.

'Rhyfelwr heb ei ail,' ebychodd Cai. 'Dyna'r unig ryfelwr sy erioed wedi llwyddo i ddianc rhag Arthur. Dyna Dillus Farfog!'

Swatiodd y ddau farchog rhwng y llwyni.

'Am lwc!' meddai Cai. 'Mae angen blew barf Dillus i wneud tennyn i un o'r cŵn fydd yn hela Twrch Trwyth.'

'A rhaid eu plycio o'i ên tra mae e'n dal yn fyw,' sibrydodd Bedwyr.

'Â gefel bren,' meddai Cai.

'Fe a' i wneud yr efel,' meddai Bedwyr, a mynd ati ar unwaith i dorri cangen o lwyn cyfagos a'i phlygu a'i naddu i wneud gefel.

Ar y llethr oddi tanyn nhw roedd Dillus yn cnoi a chodi gwynt, a sugno'r saim o'i farf. Roedd wedi bwyta'r baedd bron bob tamaid.

'Mae ei fol mor llawn, bydd e'n cysgu'n sownd,' meddai Cai.

Ar ôl i Dillus ddechrau chwyrnu, cripion nhw i lawr y mynydd, a thra oedd Bedwyr yn ymarfer plycio drain o fiaren, cododd Cai garreg fawr wastad a'i defnyddio i balu twll enfawr. Pan oedd y twll yn barod, trawodd Cai'r rhyfelwr yn galed â'i ddwrn a'i rolio i mewn iddo. Plyciodd Bedwyr bob blewyn o'i farf ar ras, a chyn i Dillus ddeffro, lladdodd Cai e.

Plethodd y marchogion y blew i wneud tennyn, a marchogaeth yn sionc i

lys Arthur yng Ngelli Wig. Cyn gynted ag y gwelodd e'r brenin, chwifiodd Cai'r tennyn uwch ei ben a dweud yr holl hanes.

Atebodd Arthur drwy ganu pennill:

'Tennyn hir a wnaeth Cai
O farf Dillus fab Efrai.
Ac fe'i lladdodd – yn do? –
Cyn i'r cawr ei ladd o.'

Allai Cai ddim credu'i glustiau. Roedd Arthur yn gwneud hwyl am ei ben. Yn waeth na hynny! Roedd Arthur yn ei gyhuddo o fod yn llwfr am ladd Dillus yn ei gwsg. Ac yn awgrymu mai Dillus oedd y rhyfelwr gorau! Roedd hynny'n annheg. Lluchiodd Cai'r tennyn at Arthur. 'Tynnu dy goes di mae e,' meddai'r marchogion eraill, ond wnâi Cai ddim gwrando. Gwrthododd wneud dim mwy i helpu'r brenin, a stelciodd o'r llys mewn tymer.

Aeth Arthur yn ei flaen i chwilio am Drudwyn, ci Graid fab Eri, a daeth o hyd iddo'n hawdd, heb unrhyw help gan Cai.

Hela Ysgithrwyn Pen Baedd

Brysiodd Arthur yn ôl i'w lys, gan fynd â Drudwyn gydag e. Roedd cenawon Gast Rhymhi yno'n barod, a thra oedd y cŵn yn chwarae ar yr iard, aeth Arthur â Culhwch i'w stordy. Yn y stordy roedd pentwr o'r pethau oedd ar restr Ysbaddaden – llestri hadau, corn yfed, basged fwyd, telyn Teirtu, poteli a thennynnau. Roedd y marchogion wedi'u casglu o bob cwr o'r wlad. Canmolodd Culhwch nhw i'r cymylau.

'Mae'r ceffylau yma hefyd,' meddai'r brenin. 'Gwyn Myngddwn a Du,

ceffyl Moro. Felly, mae'n bryd i ni hela Ysgithrwyn.'

'Na, allwn ni ddim gwneud hynny eto,' meddai Culhwch. 'Yn gynta rhaid i ni gael gafael ar Gwyn fab Nudd.'

'A, Gwyn fab Nudd!' ochneidiodd Arthur, gan ysgwyd ei ben. 'Dyna i ti ddyn rhyfedd.'

Eisteddodd Arthur ar sach, ac eisteddodd Culhwch yn ei ymyl yn glustiau i gyd. Roedd e'n hoffi stori dda.

'Ychydig amser yn ôl,' meddai Arthur, 'syrthiodd Gwyn mewn cariad â'r ferch roedd Gwythyr yn mynd i'w phriodi, a'i chipio i ffwrdd.'

'Gwythyr?' holodd Culhwch. 'Hwnnw yw'r dyn achubodd y morgrug?'

'Ie,' meddai Arthur.

'Wel, dwi'n cefnogi Gwythyr,' meddai Culhwch. 'Be ddigwyddodd?'

'Ymladdodd y ddau yn erbyn ei gilydd,' meddai'r brenin. 'Ond Gwyn enillodd.'

'O!' meddai Culhwch.

'Ar ôl y frwydr, taflodd Gwyn lawer o ddilynwyr Gwythyr i garchar, gan gynnwys dyn o'r enw Nwython. Lladdodd e Nwython, tynnu'i galon o'i gorff a gorfodi i Cyledyr fab Nwython ei bwyta. Aeth Cyledyr yn wallgo.'

‘Nawr dwi’n casáu Gwyn go iawn,’ chwyrnodd Culhwch.

‘O, paid â’i gasáu,’ atebodd Arthur. ‘Mae Gwyn wedi gollwng ei garcharorion yn rhydd erbyn hyn, ac mae e a Gwythyr yn ffrindiau mawr. Fe wnes i’n siŵr o hynny rai wythnosau’n ôl.’

‘Be wnest ti?’ gofynnodd Culhwch yn eiddgar. ‘Gorfodi Gwyn i roi’r ferch yn ôl i Gwythyr?’

‘Wel, ddim yn hollol,’ meddai Arthur. ‘Be wnes i oedd dweud wrth Gwyn am fynd â’r ferch yn ôl i dŷ ei thad. Wedyn, ar ôl i Gwyn a Gwythyr ddod yn ffrindiau, fe ddwedes i wrthyn nhw am ymladd amdani bob Calan Mai. Pwy bynnag fydd yn ennill ar Ddydd y Farn, fydd yn ei chael hi’n wraig.’

‘Dydd y Farn?’ gwichiodd Culhwch â’i lygaid bron â neidio o’i ben. ‘Ond hwnnw yw diwrnod ola’r byd! Allwn i byth aros mor hir cyn priodi Olwen. Wnaeth y ddau ddim cytuno i hynny, does bosib?’

Gwenodd y brenin wrth weld wyneb coch Culhwch. ‘Do, fe gytunon nhw,’ meddai. ‘Ac roedd Gwyn mor hapus, addawodd wneud unrhyw beth drosta i. Fe ddaw i’n helpu, dwi’n siŵr.’

Unwaith eto, roedd y brenin yn llygad ei le. Cyn gynted ag y cafodd

Gwyn y neges, cychwynnodd ar ei ffordd i lys Arthur yng Ngelli Wig yng Nghernyw.

Tra oedd Gwyn yn dal ar ei daith, hwyliodd Arthur i Lydaw i nôl dau helgi arall.

Hwyliodd i Iwerddon i nôl Odgar, brenin y Gwyddelod, sef y dyn fyddai'n tynnu ysgithr y baedd.

Teithiodd i'r Gogledd i nôl Cyledyr Wyllt, y dyn fyddai'n gofalu am y ddau gi, a Caw'r Pictiad fyddai'n gwarchod yr ysgithr nes i Ysbaddaden gael ei eillio.

O'r diwedd roedd popeth yn barod. Arthur ei hun arweiniodd yr helfa gyda'i gi Cafall wrth ei sodlau a Caw'r Pictiad wrth ei ochr. Yn y diwedd Caw lwyddodd i gornelu'r baedd, a Cafall, ci'r brenin, daflodd e i'r llawr. Yna tynnodd Odgar yr ysgithr a'i roi i Caw i'w gadw'n ddiogel.

Roedd Culhwch wedi gwirioni'n lân. Cododd o'r cyfrwy a chwifio'i gleddyf yn yr awyr. 'Am helfa wych!' gwaeddodd. 'Dwi bron â gorffen y tasgau! Diolch i ti, Arthur!'

Ond edrychodd Arthur arno'n ddwys.

'Ara' deg, Culhwch bach!' rhybuddiodd. 'Mae'r dasg waethaf o'n blaenau. Y dasg beryclaf o'r cyfan, sef ymladd Twrch Trwyth.'

Hela Twrch Trwyth

'Does arna i ddim ofn Twrch Trwyth,' snwffiodd Culhwch, ar y ffordd yn ôl i'r llys. 'Dim ond mochyn mawr yw e. Ar y diwrnod y ces i 'ngeni, fe heriais i haid o foch. Felly, does arna i ddim tamaid o ofn Twrch Trwyth.'

'Wel, fe ddylet ti fod ag ofn,' meddai Arthur. 'Nid baedd cyffredin yw hwn. Roedd e unwaith yn frenin, ond brenin mor ddychrynllyd o ddrwg a chythreulig, gorfod i Dduw ei droi'n faedd. Os ymladdwn ni yn erbyn Twrch Trwyth, byddwn ni'n ymladd yn erbyn y Diafol ei hun.'

'Os?' Edrychodd Culhwch yn amheus ar y brenin. 'Pam wyt ti'n dweud 'os'? Rydyn ni yn mynd i ymladd, yn tydyn?'

'Dim ond os bydd raid,' atebodd y brenin. 'Yn gyntaf, rhaid i ni wneud yn hollol siŵr ei fod yn cario crib, siswrn a rasal ar ei ben. Fe ddanfona i Menw i gael golwg ar Twrch Trwyth, rhag ofn bod Ysbaddaden wedi'n twyllo.'

Gadawodd Menw'r llys y prynhawn hwnnw a mynd i chwilio am y Twrch. Cyn iddo adael Cernyw, clywodd gan negesydd fod Twrch Trwyth

yn Iwerddon. Roedd y Twrch a'i foch bach wedi dinistrio un rhan o dair o'r wlad, ac yn byw mewn ffau ar Esgair Oerfel.

Hwyliodd Menw i Iwerddon, a mynd ar ei union i Esgair Oerfel. Roedd sŵn chwyrnu mawr yn dod o'r ffau. Newidiodd Menw ei hun yn aderyn a hofran dros y drws.

O'r diwedd tawelodd y chwyrnu, a daeth pen mawr gwrychog i'r golwg, a dwy glust enfawr. Rhwng y ddwy glust, roedd dau neu dri o bethau'n wincian yn yr haul.

Hedfanodd Menw'n is.

Y grib, y siswrn, a'r rasal, rhifodd. *Maen nhw i gyd yma. Fe dria i ddwyn un ohonyn nhw nawr er mwyn arbed amser i'r brenin.*

Tynnodd Menw anadl ddofn.

Plymiodd yn sydyn at y baedd.

Estynnodd am y siswrn ...

... a methu!

Caeodd ei big am un o wrychau'r baedd, a sgrechiodd Twrch Trwyth mewn poen. Neidiodd i'r awyr ac ysgwyd cawod o wenwyn dros Menw. Er gwaetha'i swynion, fu Menw byth yr un fath wedyn.

Tra oedd Menw i ffwrdd, gyrrodd Arthur neges i Odgar, brenin Iwerddon. Roedd Odgar wedi mynd yn ôl i'w wlad ei hun ar ôl hela Ysgithrwyn.

'Mae Arthur yn gofyn yn garedig am grochan Diwrnach, dy was,' meddai'r negesydd. 'Mae angen y crochan ar gyfer priodas Culhwch.'

Galwodd Odgar ei was. 'Diwrnach,' meddai. 'Wnei di roi dy grochan i Arthur?'

'Dim byth!' chwyrnodd Diwrnach. 'Chaiff e ddim hyd yn oed edrych ar y crochan. Fy nghrochan i yw e.'

Pan glywodd Arthur hyn, hwyliodd i Iwerddon gydag ychydig o'i filwyr a mynd i dŷ Diwrnach. Chwarddodd Diwrnach pan welodd griw mor fach. Gadawodd iddyn nhw eistedd wrth ei fwrdd a chynnig bwyd a diod iddyn nhw.

'Nawr wnei di roi dy grochan i fi?' gofynnodd Arthur.

'Na!' meddai Diwrnach. 'Pe bai brenin Iwerddon yn gofyn, falle rhown i'r crochan i hwnnw, ond wna i ddim ei roi i ti. Fy nghrochan i yw e.'

Ar y gair, cydiodd Bedwyr yn y crochan a'i roi ar gefn Hygwydd, gwas Arthur. Yna tynnodd un o'r milwyr gleddyf Arthur o'r wain, ei chwyrlïo uwch ei ben ac ymosod ar Diwrnach a'i ddynion.

Pan glywodd milwyr Iwerddon am hyn, brysion nhw i dŷ Diwrnach a herio Arthur. Ond trechodd Arthur nhw i gyd a hwylio i Brydain, gan fynd â'r crochan gydag e.

Ar ôl glanio, clywodd Arthur gan Menw fod y Twrch yn Esgair Oerfel. Ar unwaith casglodd ddynion o bob cwr o Brydain, ac o Ffrainc, Llydaw a Normandi. Casglodd hefyd gŵn a cheffylau gorau'r wlad, a mynd yn ôl i Iwerddon i hela Twrch Trwyth.

Daeth y Gwyddelod ag anrhegion o fwyd i Arthur, ac addo'i helpu. Gyda'i gilydd teithiodd y ddwy fyddin i Esgair Oerfel, lle roedd Twrch Trwyth a'i saith mochyn yn gorwedd yn eu ffau. Gollyngodd Arthur ei gŵn i'r ffau, ond gyrrodd Twrch Trwyth nhw i ffwrdd heb drafferth o gwbl. Am ddiwrnod crwn brwydrodd yn erbyn milwyr Iwerddon a difa rhan helaeth o'u gwlad. Er i'r Gwyddelod ymladd eu gorau glas, methon nhw ei ddal.

Drannoeth aeth dynion Arthur i ymladd yn ei erbyn, ond methu wnaethon nhw hefyd.

Yna ymladdodd Arthur ei hun yn erbyn Twrch Trwyth am naw dydd a naw nos. Ond, er iddo ladd un o'r moch bach, methodd ddal y Twrch.

'Mae'n amhosib dal y fath greadur drwg!' meddai'i ddynion.

'Yna fe ddanfona i Gwrhyr i siarad ag e,' meddai Arthur.

Bwriodd Menw swyn a newid Gwrhyr yn aderyn. Aeth Gwrhyr i glwydo ar gangen uwchben ffau Twrch Trwyth.

'Er mwyn Duw a newidiodd di'n faedd,' galwodd, 'dwi'n erfyn arnat ti i ddod i siarad ag Arthur.'

Gwthiodd Grugyn Gwrych Arian, un o'r moch ifanc, ei drwyn drwy'r drws, a siarad ar ran Twrch Trwyth. 'Erfynia di faint fynni di,' rhochiodd. 'Ddown ni ddim allan. A wnawn ni ddim siarad ag Arthur na'i helpu. Rydyn ni'n gorfod byw fel moch ac yn dioddef digon fel y mae. Pam mae'n rhaid i chi wneud pethau'n waeth drwy ymladd yn ein herbyn?'

'Mae Arthur eisiau'r grib, y siswrn a'r rasal sy ar ben Twrch Trwyth,' atebodd Gwrhyr. 'Rho nhw i ni, ac fe awn ni i ffwrdd.'

'Tra bydd anadl yng nghorff Twrch Trwyth,' oedd yr ateb ffyrnig, 'bydd y tri pheth yn aros ar ei ben. A bore fory, i dalu'n ôl i chi, fe nofiwn ni i ynys Arthur a chreu cymaint o helynt ag y gallwn ni.'

Drannoeth hwyliodd Arthur i Gymru gyda'i ddynion, ei gŵn a'i geffylau. Er iddyn nhw hwylio cyn gynted â phosib, roedd Twrch Trwyth a'i foch wedi cyrraedd o'u blaenau ac wedi creu helynt mawr. Roedd caeau Dyfed yn llawn o gyrff pobl ac anifeiliaid.

'Mae'r baedd ar ei ffordd i Fynyddoedd y Preseli,' gwaeddodd y bobl leol, dan grynu.

Taranodd byddin fawr Arthur dros y mynyddoedd, a chornelu Twrch Trwyth mewn cwm cul. Yno lladdodd y Twrch bedwar o ddynion gorau Arthur, a phedwar arall, cyn llwyddo i ddianc. Carlamodd Arthur ar ei ôl dros fryn a dôl, ond erbyn iddo gyrraedd aber yr afon Tywi, roedd y Twrch wedi diflannu.

Aeth rhai o'r helwyr i chwilio amdano yn Nyffryn Llwchwr. Sleifiodd Grugyn Gwrych Arian a'i frawd Llwydog Gofyniad, i'w canol a'u lladd nhw i gyd ond un. Gyrrodd Arthur ei gŵn ar ôl y moch bach, ond pan wichiodd y ddau, ffrwydrodd Twrch Trwyth o'r coed. Ymosododd ar y cŵn a dianc i fynydd Amanw, a'i deulu gydag e.

Dilynodd Arthur ar ras.

'Gwahanwch y rhai bach oddi wrth eu tad,' gwaeddodd.

Marchogodd ei ddynion rhwng y moch ifanc, a lladd pob un ond Grugyn a Llwydog.

Dilynon nhw Grugyn i Geredigion. Ymosododd Grugyn yn chwyrn ar filwyr Arthur, a lladd sawl un, cyn cael ei ladd ei hun. Dihangodd Llwydog Gofyniad i Ystrad Yw. Yno fe laddodd frenin Llydaw, a llawer o ddynion eraill, cyn i Arthur ei ladd.

Nawr, dim ond Twrch Trwyth ei hun oedd yn dal yn fyw. Gofynnodd Arthur i ryfelwyr Dyfnaint a Chernyw ddod i gwrdd ag e ar lannau aber afon Hafren.

'Mae Twrch Trwyth wedi lladd nifer fawr o fy milwyr gorau,' rhuodd. 'Chaiff e ddim dianc. Dwi'n mynd i aros fan hyn ac ymladd yn ei erbyn.'

‘Fe ymladda i wrth dy ochr,’ meddai Culhwch.

‘A finnau!’ galwodd pob un o’r marchogion.

Rhedodd criw o ddynion a chŵn at y Twrch a’i yrru i mewn i afon Hafren. Marchogodd Mabon fab Modron ar ei ôl ar gefn Gwyn Myngddwn, a marchogodd Gorau a Menw o’r lan bellaf. Plymiodd Cacamwri, gwas Arthur, ac Osla Gyllellfawr i’r afon a dal y bwystfil o dan y dŵr, nes i Mabon fab Modron gipio’r rasal o’i ben, ac i Cyledyr Wyllt gipio’r siswrn.

Cyn iddyn nhw allu cydio yn y grib, dihangodd Twrch Trwyth. Ciciodd e Cacamwri â’i goesau ôl. Syrthiodd Cacamwri i wely’r afon a chael ei ddal rhwng dwy garreg fawr. Wrth i Osla geisio’i ryddhau, llithrodd ei gyllell enfawr o’r wain. Llanwodd y wain â dŵr a llusgo Osla i wely’r afon. Tra oedd marchogion Arthur yn achub y ddau, neidiodd Twrch Trwyth i’r lan a dianc.

Marchogodd Arthur a’i filwyr ar ei ôl. Dilynon nhw’r bwystfil i Gernyw a’i gornelu. Ymosododd y Twrch yn ffyrnig, eu taflu i’r llawr, a’u rhwygo â’i ysgithrau miniog. Ond carlamodd Culhwch heibio iddo. Plygodd o’r cyfrwy, cydio yn y grib, a’i thynnu o’i lle â’i holl nerth.

Wrth i’r Twrch droi at Culhwch gan rochian mewn tymer, rhuthrodd

milwyr Arthur ato a'i yrru i mewn i'r môr. Nofiodd y bwystfil i ffwrdd, a welodd neb y creadur erchyll byth wedyn.

Cripiodd Arthur a'i filwyr yn ôl i Gelli Wig. Golchon nhw'u clwyfau, disgyn ar eu gwelyau, a chyn hir roedd pawb, ond Culhwch, yn cysgu'n drwm.

Gorweddai Culhwch yn ei wely, yn gwylio golau'r lleuad yn disgleirio ar siswrn, rasal a chrib. Roedd ei helfa fawr bron ar ben. Dim ond un dasg oedd ar ôl.

Gwaed y Wrach Orddu

'Beth yw'r un peth sy ar ôl?' gofynnodd Arthur fore drannoeth.

'Gwaed y Wrach Orddu, merch y Wrach Orwen, sy'n byw ym Mhennant Gofid yn ucheldir Uffern,' adroddodd Culhwch ar unwaith. 'Ydyn ni'n mynd i chwilio amdani heddiw?'

'Wrth gwrs,' oedd yr ateb.

Marchogodd Arthur a'i ddynion i'r gogledd nes cyrraedd cwm cul ac anial, rhwng mynyddoedd geirwon. Ym mhen pella'r cwm, roedd hollt ddu yn y graig.

'Ogof y wrach,' meddai Arthur, a neidio'n sionc oddi ar ei geffyl.

'Paid ti â mynd i mewn iddi,' rhybuddiodd Gwyn fab Nudd. 'Ddylai brenin ddim ymladd gwrach. Danfon Cacamwri, a'i frawd Hygwydd, yn dy le.'

Danfonodd Arthur y ddau was i'r ogof. Â sgrech iasoer, neidiodd y wrach o'r cysgodion, tynnu gwallt Hygwydd, ei hyrddio i'r llawr ac eistedd ar ei ben.

Llwyddodd Cacamwri i'w llusgo oddi ar gefn ei frawd, ond gwingodd y wrach fel hen gath esgyrnog a chipio arfau'r ddau. Wedyn crafodd y dynion a'u cnoi, a'u taflu allan o'r ogof yn hanner marw.

Roedd Arthur o'i go. Byddai wedi rhedeg i'r ogof, oni bai am Gwyn. 'Ddylai brenin ddim ymladd gwrach,' meddai Gwyn yn bendant. 'Gad i Hiramren a Hireiddil fynd yn dy le.'

Cerddodd y ddau filwr yn eofn i'r ogof â'u harfau yn eu dwylo. Cyn pen dim roedden nhw'n rholio allan fel dwy sach a'r wrach yn sgrechian chwerthin uwch eu pennau. Roedd y milwyr mewn gwaeth cyflwr na'r ddau was. Cododd dynion Arthur y pedwar a'u rhoi i orwedd ar gefnau'u ceffylau. Fydden nhw byth wedi dianc oni bai am hynny.

Nawr allai neb rwystro Arthur. Rhedodd at yr ogof, anelu'i gyllell at y wrach a'i thorri yn ei hanner. Wrth i'r wrach ddisgyn i'r llawr, daeth Caw'r Pictiad â photeli Gwyddolwyn Gorrach, a'u llenwi â'i gwaed.

Cododd Arthur y poteli a'u dal uwch ei ben.

'Hon oedd y dasg olaf,' bloeddiodd, nes bod y cwm yn disabedain. 'O'r diwedd rydyn ni'n barod i eillio Ysbaddaden. Mae'n bryd i Culhwch briodi!'

Priodas Culhwch ac Olwen

Aeth y newyddion ar led. Roedd Culhwch ac Olwen yn mynd i briodi.

Gyrrodd Culhwch neges at ei dad yn ei gastell yn y gorllewin.

Rhedodd y Brenin Cilydd at ei wraig. 'Newyddion da!' galwodd yn llon. 'Mae Culhwch yn mynd i briodi Olwen. Mae wedi trechu Twrch Trwyth. 'Sdim rhyfedd gen i. Fe heriodd lond cae o foch, pan oedd e'n fabi.'

Ddwedodd y Frenhines Arddu 'run gair, dim ond crensian ei dannedd.

Marchogodd Cilydd ac Arddu i gaer Ysbaddaden. Bob ochr i'r ffordd, safai rhesi o ddynion a menywod oedd wedi dioddef yn arw o achos y cawr. Yn eu plith safai Custennin a'i wraig, a'u llygaid yn disgleirio mewn balchder, wrth i Gorau, eu hunig fab, orymdeithio heibio gydag Arthur a'i farchogion.

Roedd y marchogion yn cario'r holl bethau oedd ar restr Ysbaddaden,

y mêl,

y cwpan,

y corn yfed,

y fasged fwyd,

y crochan,

y delyn,

adar Rhiannon

a'r holl offer i drin gwallt a barf y cawr.

Pan gyrhaeddon nhw'r neuadd, roedd y cawr yn eistedd wrth y bwrdd â'i lygaid ar agor led y pen. Ddwedodd e'r un gair pan dwtiodd Caw'r Pictiad ei wallt â'r siswrn a'r grib o ben Twrch Trwyth. A ddwedodd e'r un gair, dim ond syllu ar Culhwch â'i lygaid mawr, pan sythodd Caw ei farf â gwaed y wrach, a'i eillio â rasal Twrch Trwyth a dant mawr Ysgithrwyn. Hyd yn oed pan lithrodd y rasal a thorri ei glustiau, wnaeth e ddim gwichian na gweiddi.

Yna safodd Culhwch o'i flaen.

'Rydyn ni wedi dod â phob un o'r pethau y gofynnaist ti amdanyn nhw,' cyhoeddodd mewn llais clir. 'Ac rydyn ni wedi dy eillio.'

Snwffiodd y cawr.

'Nawr dwi'n mynd i briodi Olwen,' meddai Culhwch.

'Wyt!' rhuodd y cawr, gan neidio ar ei draed. 'Ond oni bai am Arthur, fyddet ti erioed wedi ei chael hi'n wraig i ti. Dim byth!'

Byddai siŵr, meddyliodd y Brenin Cilydd, gan wenu'n falch ar ei fab. Roedd Culhwch wedi tyfu i fyny. Roedd e'n ddyn ifanc dewr, call, hyderus a phenderfynol. Fe wnâi dywysog gwych.

Yn ei ymyl roedd Custennin a'i wraig yn gwylio'u mab nhw. Roedd yn rhaid i Ysbaddaden farw ar ddydd priodas ei ferch, a Gorau fab Custennin oedd y dyn arweiniodd y cawr o'r neuadd a thorri'i ben oddi ar ei ysgwyddau.

'Mae'r cawr wedi marw!' gwaeddodd ar ei rieni. 'Mae'r bwystfil laddodd fy mrodyr wedi marw! Ni biau'r castell!'

Ac yno, yng nghastell Gorau a'i rieni, priododd Culhwch ac Olwen.

Ar ôl y wledd briodas, pan oedd y delyn yn canu a'r adar yn trydar, diolchodd Culhwch i Arthur a'i ddynion, ac i bawb arall oedd wedi'i helpu.

'A dwi am ddiolch i un person arbennig,' meddai, gan droi at Arddu.

Crynodd Arddu a swatio y tu ôl i Cilydd.

Crynodd yn fwy fyth, pan ddaeth Culhwch ati a chydio yn ei llaw. Ond er syndod iddi, roedd Culhwch yn gwenu.

'Oni bai am fy llysfam annwyl,' meddai, 'fyddwn i erioed wedi breuddwydio am briodi Olwen. A fyddwn i erioed wedi teimlo mor hapus ag ydw i'r funud hon.'

Curodd pawb eu dwylo, a gwenu ar Arddu. Ac o'r diwedd, gwenodd Arddu hefyd. Am deimlad gwych!

Drannoeth marchogodd Culhwch ac Olwen i gastell Cilydd, lle cawson nhw groeso brwd gan y brenin a'r frenhines, a'r ddwy res o saethwyr oedd yn sefyll bob ochr i'r drws.

Ac yno bu'r ddau'n byw'n hapus dros ben am weddill eu hoes, yng nghanol caeau o feillion a moch bodlon iawn.

LLUDD A LLEFELYS

Un tro, roedd yna ddau frawd o'r enw Lludd a Llefelys. Roedd Lludd yn rhyfelwr dewr. Roedd e hefyd yn hael ac yn serchog, a doedd dim yn well ganddo na chroesawu ymwelwyr, a gwledda a sgwrsio yn eu cwmni. Roedd Llefelys, y brawd iau, yn fwy doeth a gofalus. Er eu bod mor wahanol, roedd y brodyr yn ffrindiau mawr.

Daeth Lludd yn frenin ar Ynys Prydain, a'i rheoli o'r de i'r gogledd, o'r dwyrain i'r gorllewin. O holl ddinasoedd ei wlad, ei ffefryn oedd Llundain. Ailadeiladodd y brenin furiau'r ddinas, a'u haddurno â thyrau hardd o bob lliw a llun. 'Gwnewch eich tai'n brydferth hefyd,' meddai wrth y bobl. 'Dwi am i Lundain fod yn harddach nag unrhyw ddinas arall yn y byd.' Aeth Lludd ei hun i fyw yno, ac yn ystod ei oes, enw'r ddinas oedd Caer Ludd.

Un diwrnod daeth Llefelys i Lundain i ofyn cyngor ei frawd.

'Mae Brenin Ffrainc wedi marw,' meddai wrth Lludd. 'Dim ond un ferch oedd ganddo. Wyt ti'n meddwl y dylwn i gynnig ei phriodi?'

'Ydw, siŵr!' meddai Lludd, a thaflu'i fraich am ysgwydd Llefelys. 'Os priodi di'r ferch, byddi di'n frenin fel fi. Meddylia am yr holl hwyl gei di, pan fyddi di'n frenin Ffrainc.'

'Bydda i'n gweithio'n galed, er mwyn i ti fod yn falch ohona i, ac er mwyn dod â chlod i'n teulu ac i'n gwlad,' atebodd Llefelys yn ddwys.

Gwenodd Lludd. *Go brin y bydd Llefelys yn codi dinasoedd hardd, nac yn*

cynnal gwleddau moethus, meddyliodd. *Ond bydd e'n gweithio'n galed, ac os yw'r Ffrancod yn chwilio am frenin doeth a gofalus, maen nhw'n siŵr o'i groesawu.*

Aeth Lludd ati ar unwaith i gasglu fflyd o llongau. Llenwodd nhw â milwyr, rhag ofn i'r Ffrancod droi'n gas. Yna dymunodd bob lwc i'w frawd a'i wylio'n hwylio i lawr yr afon Tafwys.

Aeth wythnos heibio, ac un arall, ac un arall. O'r diwedd daeth newyddion da o Ffrainc. Roedd Llefelys wedi cael croeso brwd gan wŷr bonheddig y wlad, a'u caniatâd i briodi'r dywysoges. Llefelys, yn awr, oedd brenin Ffrainc.

‘Mae’r Ffrancod wedi gwneud dewis call iawn,’ meddai Lludd yn falch.

Roedd pawb yn Ffrainc yn cytuno ag e. Dan ofal eu brenin, daeth y wlad yn llewyrchus a heddychlon.

Ond er bod y Ffrancod yn llon eu byd, doedd pobl Prydain ddim yn hapus o gwbl.

Roedd tri phla wedi taro’r wlad.

Y pla cyntaf oedd pla o gorachod cyfrwys o’r enw Coraniaid. Roedd gan y Coraniaid ddawn arbennig iawn. Pan oedd y gwynt yn chwythu, roedden nhw’n clywed pobl yn siarad o bell ac agos. Os clywen nhw gyfrinach, roedden nhw’n ei sibrwd ar led, ac yn gwneud i bobl ffraeo â’i gilydd. Cyn hir, roedd ar bawb ofn siarad, hyd yn oed yn Llundain, a doedd gwleddau’r brenin ddim hanner mor llawen ag o’r blaen.

Roedd Lludd yn casáu gweld ei bobl yn ddiflas.

'Rhaid i ni gael gwared o'r Coraniaid!' cyhoeddodd.

Ond bob tro roedd e'n taro ar gynllun, roedd y gwynt yn cipio'r geiriau o'i wefusau ac, ym mhob cwr o'r wlad, roedd clustiau main yn moeli, a lleisiau main yn clochdar, 'Mae'r brenin yn ceisio'n dal ni. Ond all e ddim. All e ddim!'

Hyd yn oed pan oedd y brenin yn sibrwd yng nghlustiau'i ffrindiau, roedd y Coraniaid yn clywed bob gair, ac yn osgoi bob trap.

Os oedd y pla cyntaf yn ddrwg, roedd yr ail bla'n fwy erchyll fyth. Bob nos Calan Mai atseiniai sgrech annioddefol dros bob tŷ ym Mhrydain, gan frathu calonnau, sugno nerth dynion a gwneud i wragedd golli'u babanod. Roedd y sgrech mor arswydus, roedd pobl ifanc yn llewygu, dail yn disgyn o'r coed ac afonydd yn sychu.

'Achub ni rhag y sgrech,' llefai'r bobl wrth eu brenin. 'Mae'n troi ein hesgyrn yn ddŵr!'

Ond allai Lludd wneud dim i'w helpu. Doedd ganddo ddim syniad beth oedd yn achosi'r sgrech.

'Dylai brenin allu helpu'i bobl,' ochneidiodd Lludd. 'Be wna i? Be wna i?'

Trefnodd Lludd wledd.

'Y ffordd orau i ddatrys problemau yw eu trafod â ffrindiau dros bryd da o fwyd,' meddai wrtho'i hun.

Gwahoddodd wŷr bonheddig o bell ac agos i'w gastell, a daeth dŵr i ddannedd bob un, wrth weld y byrddau'n gwegian dan lwythi o bysgod, cig a ffrwythau. Drwy'r prynhawn tan yn hwyr y nos, buon nhw'n bwyta ac yn chwerthin. Roedden nhw'n cael cymaint o hwyl, anghofion nhw drafod y ddau bla.

'Dim ots!' chwarddodd Lludd yn llon. 'Fe gawn ni wledd arall fory, a thrafod bryd hynny.'

Ond yn gynnar y bore wedyn, rhedodd y gweision at y brenin.

'Mae pob darn o fwyd wedi diflannu o'r stordy!' llefon nhw.

'Pwy sy wedi'i ddwyn?' gofynnodd y brenin yn chwyrn.

'Chlywson ni ddim byd, a welson ni neb.'

Aeth wyneb y brenin yn wyn fel y galchen. Gorchmynnodd i'w weision ail-lenwi'r stordy. Drwy'r bore daeth rhesi o geirt i'r castell a'u llond o fwyd. Roedd y wledd y noson honno mor wych ag erioed, ond fwytodd neb rhyw lawer, na sgwrsio chwaith.

Fore drannoeth rhedodd y gweision at y brenin.

Cyn iddyn nhw ddweud gair, roedd Lludd wedi deall eu neges. Roedd y bwyd wedi diflannu eto. Roedd trydydd pla wedi taro'r wlad, a'r tro hwn roedd wedi taro cartref y brenin ei hun. Bob tro roedd Lludd yn llenwi'i stordy, roedd y bwyd yn diflannu cyn y bore.

Roedd y brenin wedi drysu'n lân. Galwodd y gwŷr bonheddig yn ôl i'r castell.

'Dwi'n gwybod mai bai'r Coraniaid yw'r pla cyntaf,' meddai. 'Ond beth sy'n achosi'r sgrech? A pham mae'r bwyd yn diflannu? Sut galla i ddatrys y broblem, os nad ydw i'n gwybod y rheswm.'

Ysgydwodd y gwŷr bonheddig eu pennau.

Yna meddai un, 'Syr! Mae dy frawd, y Brenin Llefelys, yn ddyn doeth dros ben. Beth am fynd ato? Os gall unrhyw un dy helpu, Llefelys yw hwnnw.'

'Syniad gwych!' Gwenodd Lludd yn ddiolchgar ar y dyn. 'Pam na wnes i

feddwl am hynny. Fe ...' Tawodd yn sydyn a gwasgu'i fys ar ei wefus.

Gwnaeth pawb arall yr un fath.

Feiddien nhw ddim siarad, gan fod y gwynt yn chwythu.

Casglodd Lludd ei lynges, heb ddweud gair wrth neb, a hwylio i Ffrainc yng nghwmni'i gynghorwyr. Wnaeth e ddim egluro i'w gapteniaid pam oedd e'n hwylio, rhag ofn i'r Coraniaid glywed.

Clywodd Llefelys, serch hynny. Pan ddaeth neges i ddweud bod ei frawd yn nesáu, dyfalodd ar unwaith beth oedd pwrpas y fordaith, a hwyliodd i gwrdd â Lludd. Cyn gynted ag y daeth y ddwy lynges o fewn golwg i'w gilydd, gorchmynnodd Lludd i bob un o'i longau, ar wahân i'w long ei hun, fwrw angor. Gwnaeth Llefelys yr un fath. Yna hwyliodd y ddau frawd yn eu blaenau a chwrdd â'i gilydd yng nghanol y môr. Croesodd Lludd i long Llefelys, a thaflu'i freichiau amdano. Fentrai e ddim siarad, am fod gwynt cryf yn chwythu tuag at Brydain.

Ond tapiodd Llefelys ei drwyn, a heb ddweud gair, tynnodd gorn pres, hir o'i wregys, a dangos i Lludd sut y gallen nhw siarad drwyddo heb i neb eu clywed.

Nodiodd Lludd i ddangos ei fod wedi deall, wedyn pwysodd ei wefusau ar un pen o'r corn, a rhoddodd Llefelys y pen arall yn ei glust.

'Fy mrawd annwyl,' meddai Lludd. 'Dwi mor falch o gael siarad â ti. Ti yw'r dyn doethaf yn y byd i gyd, a dwi angen dy help.'

Chwythodd y geiriau i lawr y corn nes cyrraedd Llefelys. *Y bwbach salw! Y brolgi bostfawr! Rwyt ti'n meddwl dy fod ti mor glyfar, ond dwyt ti ddim yn haeddu bod yn frenin.*

Agorodd llygaid Llefelys yn syn, ond roedd e'n ddyn doeth, ac yn gwybod na fyddai Lludd byth yn dweud y fath beth. Rhaid bod ellyll drwg yn cuddio yn y corn ac yn newid geiriau ei frawd. Galwodd Llefelys am wydraid o win, pwysodd dros ymyl y llong, ac arllwys y gwin i'r corn. Â sgrech, disgynnodd yr ellyll brwnt ar ei ben i'r môr.

Wedi hynny, siaradodd y ddau frawd â'i gilydd yn serchog a charedig. Adroddodd Lludd hanes y tri phla, a gwrandawodd Llefelys yn astud ar bob gair.

'Dwi wedi clywed am y Coraniaid,' meddai, ar ôl i Lludd orffen ei stori. 'A dwi'n gwybod sut y galli di gael gwared arnyn nhw.' Estynnodd am sach oedd yn gwingo ar y llawr a'i rhoi i'w frawd. 'Mae'r sach hon yn llawn o bryfed arbennig. Ar ôl mynd adre, rho nhw mewn dŵr a'u malu. Wedyn, galw dy bobl a'r holl Goraniaid at ei gilydd, gan esgus dy fod ti am i bawb fod yn ffrindiau, a chyn gynted ag y byddan nhw wedi cyrraedd, sgeintia'r dŵr drostyn nhw. Bydd y dŵr yn difa'r Coraniaid, ond bydd dy bobl di'n ddiogel.'

Diolchodd Lludd i'w frawd am y sach. 'A beth am y sgrech?' gofynnodd. 'Mae'n erchyll! Wir! Mae'n llosgi fel fflam drwy dy esgyrn.'

'Does dim rhyfedd,' meddai Llefelys yn ddoeth. 'Sgrech draig yw hi. Yng nghanol dy wlad, yn Rhydychen, mae dwy ddraig yn ymladd ymhell o dan y ddaear, draig Prydain a draig o wlad arall. Er mwyn ceisio dychryn y ddraig estron i ffwrdd, mae dy ddraig di'n rhoi sgrech.'

'Sgrech arswydus!' meddai Lludd, a'i wyneb yn crebachu.

'Paid â phoeni. Fe gei di wared ohoni'n hawdd,' meddai Llefelys yn galonnog. 'Y cyfan sy angen yw cynfas sidan a llond twba o fedd. Nawr gwranda'n ofalus.'

Gwrandawodd Lludd yn syn ar gyfarwyddiadau manwl ei frawd. Roedd Llefelys mor glyfar! Roedd e'n gwybod yn union beth i'w wneud. Am frawd anhygoel!

'A beth am y trydydd pla?' gofynnodd.

‘Dewin sy’n achosi’r trydydd pla,’ meddai Llefelys. ‘Mae’n bwrw swyn sy’n gwneud i bawb yn dy gastell gysgu’n drwm, a phan fydd pawb yn cysgu, mae’n dwyn y bwyd. Os wyt ti am ei ddal, rho lond twba o ddŵr oer ar lawr y stordy, a phan wyt ti’n teimlo dy lygaid yn cau, cama i mewn iddo. Fel hynny, byddi di’n aros yn effro, ac yn barod i drechu’r lleidr.’

‘Diolch yn fawr.’ Estynnodd Lludd y corn yn ôl i’w frawd ac, er bod y gwynt yn chwythu tuag at Brydain, gwaeddodd nerth ei geg, er mwyn i bawb gael clywed, ‘Llefelys, fy mrawd, yw’r dyn doethaf yn y byd mawr crwn!’

Ffarweliodd y ddau frenin yn gynnes â’i gilydd, a hwyliodd Lludd adre â gwên ar ei wyneb a sachaid o bryfed ar ei ysgwydd. Cyn gynted ag y cyrhaeddodd e Lundain, malodd y pryfed yn y dŵr, heb ddweud gair wrth neb, a galw’i bobl a’r Coraniaid at ei gilydd. Ar ôl i bawb gyrraedd, gorchmynnodd i’w weision sgeintio’r dŵr dros y dorf. Pan ddisgynnodd y gawod, diflannodd y Coraniaid mewn pwff o fwg.

Welodd neb mohonyn nhw ym Mhrydain fyth wedyn.

'O'r diwedd!' meddai Lludd wrth ei bobl, 'fe allwn ni siarad â'n gilydd heb i neb glustfeinio. Gallwn ni fod yn ffrindiau unwaith eto.'

Wrth i bawb sgwrsio'n llon, casglodd Lludd lond twba o'r medd gorau a chynfas sidan, ac i ffwrdd ag e i Rydychen i fynd i'r afael â'r dreigiau. Yng nghanol Rhydychen, palodd dwll mawr a rhoi'r twba i eistedd ynddo. Taenodd y cynfas dros y twba a mynd i guddio rhwng y llwyni.

Ar ganol nos, tasgodd dau gysgod du i'r awyr gan hisian a phoeri tân. Powlion nhw dros y toeau am awr a mwy, yn cnoi a chrafu a chwipio'u cynffonnau. 'Am storm!' mwmianodd pobl Rhydychen, a swatio yn eu gwelyau. 'Am frwydr!' sibrydodd Lludd.

Blinodd y dreigiau o'r diwedd a disgyn yn swrth ar y cynfas. Wrth i'r cynfas suddo i'r twba, newidion nhw'n ddau fochyn bach. Yfon nhw'r medd a mynd i gysgu'n drwm. Cyn iddyn nhw ddeffro, lapiodd Lludd y cynfas yn dynn amdanyn nhw a mynd â'r ddau i le o'r enw Dinas Emrys yn Eryri. Yno fe gladdodd y moch mewn cist garreg.

'Dyna ddiwedd ar y sgrech,' cyhoeddodd, gan ysgwyd y pridd oddi ar ei ddwylo.

‘Sut galli di fod mor siŵr?’ gofynnodd ei ddynion.

‘Am fod Llefelys wedi dweud wrtha i,’ atebodd y brenin.

Nawr dim ond un pla oedd ar ôl.

Gorchmynnodd Lludd i’w weision lenwi’r stordy â bwyd. Y noson honno trefnodd wledd foethus yn ei gastell a gwahodd ei ffrindiau i gyd. Ar ôl i’r gwesteion fwyta’u gwala a mynd i’w gwelyau, rhoddodd y brenin ei gleddyf yn ei wregys, a chripian i lawr i’r stordy. Llenwodd dwba â dŵr a swatio yn ei ymyl.

Yng nghanol nos, tinciodd miwsig hyfryd drwy’r castell, a chaneuon ysgafn a swynol. Disgynnodd gên y brenin ar ei frest, ac oni bai am y twba, byddai wedi cysgu’n sownd. Camodd i’r dŵr oer ar frys, a phan agorodd y drws yn ei ymyl, roedd e’n effro unwaith eto.

Daeth dyn enfawr drwy'r drws a mynd ati i sgubo'r holl fwyd o'r stordy i'r fasged yn ei freichiau. Er mai basged fach oedd hi, llyncodd bob darn o gig, pob pysgodyn, pob torth a phob ffrwyth.

Allai Lludd ddim credu'i lygaid! Roedd e'n dal i syllu'n gegagored, pan sylweddolodd fod y dyn ar fin dianc.

'Aros!' gwaeddodd yn groch. 'Aros, y lleidr!'

Gollyngodd y dyn y fasged, a throi ac ymosod ar y brenin. Cleciodd eu cleddyfau a thasgodd gwreichion o'r llafnau. Roedd y lleidr yn dalach ac yn gryfach na Lludd, ond roedd Lludd yn rhyfelwr o fri. Neidiodd, a gwibio ac ochrgamu nes taro cleddyf y gelyn o'i law. Taflodd y dyn i'r llawr a rhoi'i droed ar ei gefn.

'Ti sy wedi ennill,' griddfanodd y lleidr. 'Rwyt ti'n fwy clyfar na fi. Bydd yn garedig. Paid â dial arna i.'

'Pam lai?' chwyrnodd Lludd. 'Rwyt ti wedi achosi digon o helynt i fi.'

'Fe dala i am yr holl fwyd wnes i ddwyn,' addawodd y dyn. 'Wna i ddim dwyn byth eto. O hyn allan fe fydda i'n was ffyddlon i ti.'

'Gwas?' meddai Lludd.

Craffodd ar y dyn. Fe wnâi was da iawn. Roedd e'n fawr, roedd e'n gryf, ac roedd ganddo fasged swyn. *Am hwyl!* meddyliodd Lludd. *Alla i ddim aros i weld wynebau fy ngwesteion, pan fydd gwledd gyfan yn diflannu dan eu trwynau.*

'O'r gore,' meddai wrth y lleidr. 'Fe gei di fod yn was i fi.'

Gollyngodd y dyn yn rhydd a'i orchymyn i dynnu'r bwyd o'r fasged, ei roi'n ôl ar y silffoedd, ac yna mynd i'r gegin i weithio.

Yn y bore, wrth i'r wawr dorri, dringodd Lludd i dŵr uchaf ei gastell ac edrych i lawr ar ei wlad dawel. Yna trodd ei wyneb tua Ffrainc.

'Llefelys,' galwodd ar y gwynt. 'Dwi wedi cael gwared o'r tri phla. Mae Prydain yn rhydd, diolch i ti, fy ffrind doeth.'

'A diolch i ti, ryfelwr dewr,' meddai Llefelys.

Allen nhw ddim clywed ei gilydd, wrth gwrs. Nid Coraniaid oedden nhw, ond dau frawd.

Dau frawd oedd yn deall ei gilydd i'r dim ac yn ffrindiau mawr.

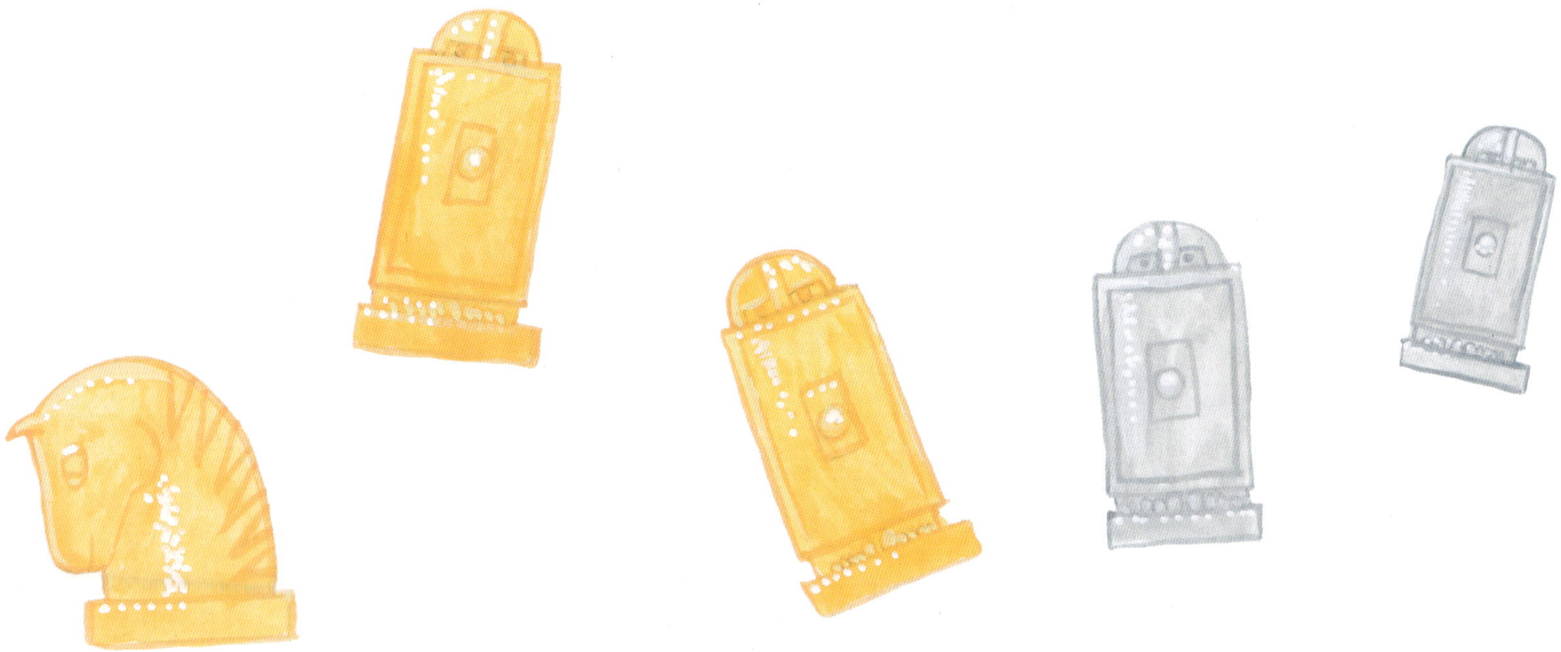

BREUDDWYD MACSEN WLEDIG

Ymerawdwr Rhufain oedd Macsen Wledig. Rhufain oedd y ddinas bwysicaf yn y byd, a Macsen oedd yr ymerawdwr gorau erioed. Roedd Macsen yn deg, yn ddoeth ac yn rheolwr heb ei ail.

Un diwrnod braf yn yr hydref, daeth tri deg brenin i blas yr ymerawdwr i drafod materion pwysig. Gwrandawodd Macsen ar bob cais a phob cwyn, a rhoi cyngor craff i bob un.

Ar ddiwedd y cyfarfod, meddai wrth y brenhinoedd, 'Rydyn ni wedi gweithio'n galed, felly fory mi awn ni i hela gyda'n gilydd.'

Roedd y tri deg brenin wrth eu boddau. Diwrnod o hwyl yng nghwmni'r ymerawdwr! Beth allai fod yn well?

Fore trannoeth, gyda'r wawr, arweiniodd Macsen y brenhinoedd ar hyd glan yr afon nes cyrraedd y coed a'r caeau y tu allan i'r ddinas. Doedd ganddo fawr o ddiddordeb mewn hela ond, gan mai fe oedd yr ymerawdwr, mynnodd farchogaeth yn gynt ac yn ddewrach na neb. Macsen oedd y cyntaf bob tro yn y ras i ddal carw, a'r cyntaf i feiddio neidio o'r cyfrwy a herio baedd gwyllt.

Erbyn canol dydd, roedd yr haul yn danbaid a'r helwyr wedi blino'n lân. Gorweddodd y brenhinoedd dan gysgod y coed, ond aeth Macsen i'w loches ei hun. Ei weision oedd wedi adeiladu'r lloches hon, drwy blannu dwy res o bicellau yn y ddaear, a gosod tarianau ar eu pennau i wneud to. Ar y llawr, yn lle clustog, roedd tarian aur.

Gorweddodd Macsen i lawr, ymestyn ei goesau, a rhoi'i ben ar y darian. Cyn pen dim, roedd yn cysgu'n drwm, ac yn gwibio, mewn breuddwyd, ar daith hir a rhyfeddol dros dir a môr. Anghofiai Macsen fyth 'mo'r daith honno am weddill ei fywyd.

Breuddwydiodd ei fod yn dilyn glan yr afon nes cyrraedd cwm cul. Ym

mhen pella'r cwm, dringodd fynydd uchel a gweld dolydd gwastad, ac afonydd arian yn troelli tua'r môr.

Dilynodd yr afon fwyaf nes cyrraedd dinas dlos â wal fawr o'i chwmpas. Ar y wal honno roedd tyrau lliwgar, ac ar y tonnau islaw, nofiai'r llong fwyaf a harddaf yn y byd i gyd, gydag estyll o arian ac aur am yn ail, a phont o asgwrn morfil yn ei chysylltu â'r lan.

Croesodd Macsen y bont asgwrn, a hwylio i'r ynys brydferthaf a welodd neb erioed. Teithiodd drwy'r ynys, o un môr i'r llall, nes cyrraedd ardal fynyddig â chreigiau duon yn ymestyn i'r awyr. Tua'r gorllewin, ar draws afon lydan, gorweddai ynys lai o faint.

Ger aber yr afon hon, ar y tir mawr, gwelodd Macsen gastell â'i borth yn llydan agored. Cerddodd drwy'r porth, a chyrraedd y neuadd odidocaf yn y byd. Roedd y llawr a'r nenfwd wedi'u gwneud o aur, a'r waliau o emau drudfawr. Rhwng y byrddau arian a'r cadeiriau aur, eisteddai dau ddyn ifanc ar fainc, yn chwarae gêm wyddbwyll. Yn eu hymyl, ar gadair ifori, ag arni luniau o ddau eryr euraid, roedd bonheddwr â gwallt llwyd yn naddu bloc o aur i greu darnau ar gyfer y gêm.

Yr ochr draw i'r gŵr hwn, mewn cadair o aur coch, eisteddai gwraig ifanc mewn gwisg o sidan gwyn, clogyn aur am ei hysgwyddau, a rhesi o emau am ei gwregys ac yn ei gwallt. Cyn gynted ag y gwelodd Macsen hi, anghofiodd am bawb a phopeth arall. Cochodd o'i ben i'w draed. Roedd hi mor brydferth! Yn brydferthach nag aur a gemau, yn fwy disglair na'r haul ei hun. Aeth ar ei union tuag ati, a phan gododd y ferch i'w groesawu, taflodd ei freichiau amdani ac eistedd yn ei hymyl.

'Rwy'n dy garu,' sibrydodd gan anwesu ei boch. 'Pwy wyt ti?'

Cyn iddi ateb, ffrwydrodd sŵn fel taran. Craciodd waliau'r castell. Crynodd y llawr a chwyrlïodd gwynt cryf. Cydiodd Macsen mor dynn ag y gallai yn y ferch, ond cipiodd y gwynt hi o'i freichiau.

'Syr! Syr!'

Agorodd Macsen ei lygaid mewn dychryn, ac edrych amdani.

Ble oedd hi? Ble oedd y castell? Roedd e'n gorwedd ar lawr yng nghanol llanast o bicellau a tharianau. Roedd cŵn yn cyfarth o'i amgylch, ceffylau'n gweryru ac wyneb gofidus ei was yn nofio uwch ei ben.

'Syr! Syr! Mae'n ddrwg gen i am eich deffro,' parablodd y gwas. 'Mae'n ddrwg gen i. Roedd y cŵn yn anniddig. Dychrynon nhw'r ceffylau, a chiciodd y ceffylau eich lloches i lawr. A!' Baglodd yn ôl, dan grynu.

Roedd Macsen wedi'i wthio i ffwrdd a chyrlio'n bêl.

'Ydych chi wedi cael niwed, syr?' llefodd y gwas. 'Ydych chi'n sâl?'

'Sh!' rhuodd Macsen. 'Sh! Sh!'

Cuddiodd ei ben yn ei freichiau. Caeodd ei lygaid yn dynn. Roedd e eisiau mynd yn ôl i gysgu. Roedd o eisiau chwilio am ferch ei freuddwydion. Roedd e dros ei ben a'i glustiau mewn cariad a fedrai o ddim byw hebddi.

Gwingodd yr ymerawdwr a griddfan am awr a mwy. O'r diwedd daeth y gwas â llestr o ddŵr.

'Yfwch, syr,' meddai. 'Yfwch, wir! Mae'r haul wedi'ch drysu. Yfwch.'

Cododd Macsen ar ei eistedd. Diferodd y dŵr dros ei ên. Syllodd y tri deg brenin arno'n syn.

'Ydy hi'n bryd i ni fynd yn ôl i Rufain?' gofynnodd un.

Crychodd talcen Macsen, ond ddwedodd e'r un gair.

Ochneidiodd y brenhinoedd. Doedd dim amdani ond mynd yn ôl i'r ddinas heb yr ymerawdwr. Llusgodd Macsen ei hun ar ei draed a'u dilyn o bell â'i gefn yn grwm.

Ar ôl cyrraedd ei blas, aeth yn syth i'w wely. Gorweddodd yno am wythnos gron. Gwrthododd godi i groesawu'i westeion. Gwrthododd roi cyngor i neb. Gwrthododd wneud dim ond cysgu, a breuddwydio am ei gariad. 'Pwy wyt ti? Ble wyt ti?' llefai drosodd a thro. 'Pwy wyt ti? Ble wyt ti? Rwy'n dy garu.'

Ddiwedd yr wythnos mynnodd ei siambrlen

ddod i'w weld. Roedd hwn yn frenin ac yn ddyn pwysig iawn, felly siaradodd yn llym â'r ymerawdwr.

'Rwyt ti wedi siomi dy bobl,' meddai.

Diflannodd Macsen dan y dillad gwely.

'Mae dy bobl yn gofyn am dy gyngor a thithau'n gwrthod,' meddai'r siambrlen yn fwy llym fyth. 'Maen nhw'n gyrru negeseuon, a dwyt ti ddim yn gwrando. Sut medran nhw barchu ymerawdwr sy'n gwrthod gwneud ei waith?'

'Dos i nôl dynion doeth Rhufain,' meddai llais bach dan y dillad. 'Mi ddweda i wrthyn nhw be sy'n bod.'

Brysiodd dynion doeth Rhufain at wely'r ymerawdwr. Am y tro cyntaf ers wythnos, cododd Macsen o'r gwely, a dweud hanes ei freuddwyd a'i daith ryfeddol. Am y tro cyntaf ers wythnos, roedd ei lygaid yn disgleirio.

Gwrandawodd y dynion doeth ar bob gair.

'Rhaid bod y freuddwyd yn wir,' sibrydodd un wrth y llall. 'Edrychwch ar lygaid yr ymerawdwr. Mae'n cofio bob cam o'r daith. Mae'r wraig ifanc, yr ynys a'r castell mor glir iddo â Rhufain ei hun.'

Ar ôl trafod â'i gilydd, dwedon nhw wrth Macsen: 'Anfon negeswyr i dair rhan dy ymerodraeth. Dwed wrthyn nhw'n union beth ddwedaist ti wrthon ni. Rwyt ti wedi disgifrio'r daith mor fanwl, byddan nhw'n siŵr o adnabod y llefydd, a darganfod y ferch rwyt ti'n ei charu.'

Ar unwaith, anfonodd Macsen dri ar ddeg o negeswyr tua'r dwyrain, gan addo gwobr hael i bwy bynnag ddôi o hyd i'r ferch. Yna, yn llawn gobaith, aeth ati i reoli'n ddoeth fel o'r blaen, a rhoi cyngor i'w bobl.

Am flwyddyn gron, chwiliodd y negeswyr drwy bob dinas a thref, pob pant a bryn, ond welson nhw'r un cip o'r ferch roedd yr ymerawdwr yn ei charu. Ar ddiwedd y flwyddyn, daethon nhw â'r newydd drwg i Macsen. Llefodd yr ymerawdwr yn uchel a thorcalonnus. Oni bai am y siambrlen, byddai wedi mynd yn syth i'w wely.

Cydiodd y siambrlen yn ei fraich. 'Paid â digalonni!' meddai'n daer. 'Anfon dy negeswyr tua'r de.'

Ar orchymyn Macsen, teithiodd y negeswyr tua'r de. Yno chwilion nhw drwy bob dinas a thref, pob pant a bryn, ond welson nhw'r un cip o'r ynys, y castell, na'r ferch roedd yr ymerawdwr yn ei charu.

Pan glywodd Macsen hyn, suddodd i'w gadair â'i

ben yn ei ddwylo.

'Paid â digalonni,' erfyniodd y siambrlen. 'Mae gen i syniad. Dos yn ôl i'r union fan lle cest ti dy freuddwyd a dwed wrth dy negeswyr am ddechrau chwilio yn y fan honno.'

Gadawodd Macsen y ddinas ben bore trannoeth, a marchogaeth ar hyd glan yr afon a'r tri negesydd ar ddeg wrth ei ochr. Pan gyrhaeddodd fan arbennig, dwedodd wrth y negeswyr, 'Dyma lle dechreuodd fy nhaith. Cerddais ar hyd y cwm hwn nes dod at fynydd uchel.'

'Mi wnawn ninnau yn union yr un fath â ti,' addawodd y tri ar ddeg.

I ffwrdd â nhw ar unwaith, gan ofalu rhoi'u clogynnau dros eu hysgwyddau, a gadael un llawes wag i hongian tuag i lawr, er mwyn dangos i bawb mai negeswyr oedden nhw, ac nid milwyr.

Roedd y tri ar ddeg yn gyfarwydd â phob cam o'r daith ryfeddol. Felly, pan welson nhw fynydd uchel yn crafu'r cymylau, roedden nhw'n ei nabod yn syth. Pan welson nhw'r dolydd a'r afonydd byrlymus, dwedodd un wrth y llall, 'Dyma'r dolydd welodd yr ymerawdwr.'

Dilynon nhw'r afon fwyaf nes cyrraedd dinas hardd â thyrau lliwgar ar ei muriau. Yn y bae islaw, roedd llong ysblennydd o arian ac aur.

'Dyna'r llong welodd yr ymerawdwr yn ei freuddwyd,' parablodd y negeswyr yn llon, a rhedeg dros y bont asgwrn.

Cododd y llong ei hwyliau a'u cipio dros y môr i Ynys Prydain. Yno, teithion nhw ymlaen tua'r gogledd nes cyrraedd ardal fynyddig o'r enw Eryri. Yn eu hwynebu, ar draws afon fawr, roedd Ynys Môn.

'Dyma'r wlad welodd ein hymerawdwr yn ei gwsg!' gwaeddodd y negeswyr mewn cyffro. 'Mae'r castell yn agos!'

Rhedon nhw am y cyntaf ar hyd glan yr afon nes cyrraedd Aber Saint yn Arfon. Yno safai castell â'i borth yn llydan agored. Croesodd y negeswyr yr iard, mynd i mewn i'r castell a rhyfeddu at neuadd o aur ac arian.

'Dyma'n union ...' sibrydon nhw. 'Dyma'n union be welodd ein hymerawdwr yn ei gwsg!'

Ar fainc aur roedd dau ddyn ifanc yn chwarae gwyddbwyll. Yn eu hymyl, ar gadair ifori, eisteddai gŵr â gwallt llwyd yn naddu bloc o aur. Yn eistedd o'i flaen, ar gadair o aur coch, roedd gwraig ifanc.

Ar unwaith disgynnodd y negeswyr ar eu gliniau, a galw ag un llais, 'Henffych, Ymerodres Rhufain.'

Syllodd y ferch arnyn nhw, heb wên ar ei hwyneb.

'Rwy'n gweld mai negeswyr ydych chi, a gwŷr bonheddig hefyd,' meddai'n llym. 'Felly pam ydych chi'n gwneud hwyl am fy mhen?'

'Foneddiges,' medden nhw. 'Fydden ni byth yn gwneud hwyl am dy ben. Mae Ymerawdwr Rhufain wedi dy weld mewn breuddwyd, ac yn dy garu â'i holl galon. Os na wnei di ddod gyda ni i Rufain, daw o yma i dy briodi.'

Cododd y wraig ifanc ei haeliau. 'Mae'n anodd gen i gredu eich stori,' meddai. 'Ond rydych chi'n edrych yn ddigon gonest. Felly ewch yn ôl at yr ymerawdwr, ac os ydy o'n fy ngharu, dwedwch wrtho am ddod yma.'

'Dwed beth ydy dy enw, o leia,' meddai'r negeswyr.

'Fy enw ydy Elen,' atebodd hithau. 'Rwy'n ferch i Eudaf, sy'n eistedd yn fy ymyl, ac yn chwaer i Cynan a Gadeon, sy'n chwarae'r gêm fwrdd.'

Gadawodd y negeswyr ar eu hunion a marchogaeth i Rufain. Carlamon nhw ddydd a nos, a phob tro roedd eu ceffylau'n blino, roedden nhw'n prynu rhai newydd. Drwy wneud hyn, fe gyrhaeddon nhw Rufain mewn cyn lleied o amser â phosib, a rhedeg i'r plas at Macsen.

'Syr! Syr!' galwon nhw. 'Rydyn ni wedi dod o hyd i'r wraig sy mor annwyl i ti. Rydyn ni'n gwybod pwy ydy hi a ble mae hi'n byw, ac mi awn ni â ti yno dros dir a môr.'

'Yna rydych chi'n haeddu gwobr!' bloeddiodd Macsen, â'i lygaid ar dân.

Casglodd yr ymerawdwr ei fyddin, a marchogaeth ar frys i Ynys Prydain. Sgubodd reolwr yr ynys o'i ffordd a charlamu tuag at Arfon. Pan welodd y castell, gwaeddodd dros y lle, 'Dyma lle mae'r wraig rwy'n ei charu!'

Rhedodd i mewn i'r neuadd hardd, heb sylwi ar aur na gemau, na'r ddau lanc yn chwarae gwyddbwyll, na'r bonheddwr yn ei gadair ifori. Rhedodd yn syth at wraig ifanc ei freuddwyd, oedd yn brydferthach a disgleiriach na'r haul ei hun.

'Henffych, Ymerodres Rhufain,' meddai, gan daflu'i freichiau amdani. 'Macsen ydw i, a rwy wedi bod yn chwilio ac yn chwilio amdanat ti.'

'Elen ydw innau,' atebodd hithau. 'A rwy'n falch i dy weld di.'

Priododd y ddau'r noson honno gyda chaniatâd Eudaf, tad Elen. Daeth ei brodyr, Cynan a Gadeon i'r briodas, cyn mynd yn syth yn ôl i chwarae'u gêm.

Drannoeth dwedodd Macsen wrth Elen, 'Rwy am roi anrheg briodas i ti. Gofyn am be fynni di.'

'Hoffwn i i fy nhad reoli Prydain yn fy enw,' meddai Elen. 'A hoffwn i i ti adeiladu tair caer i mi, un yng Nghaerfyrddin, un yng Nghaerllion, a'r fwyaf i gyd yma yn Arfon.'

'Mi gei di hynny i gyd,' addawodd Macsen.

Gorchmynnodd i'w ddynion gychwyn adeiladu'r caerau ar unwaith. Yna, anfonodd negeswyr i Rufain i gasglu llwyth o bridd. *Gall codi tair caer gymryd amser hir*, meddyliodd. *Felly rwy am daenu'r pridd dros y llawr er mwyn i mi gael teimlo daear iachus Rhufain dan fy nhraed.*

Am saith mlynedd gron, arhosodd Macsen ym Mhrydain a chodi'r tair caer. Hefyd, trefnodd i ddynion Prydain adeiladu hewlydd i gysylltu un â'r llall. Ffyrdd Elen oedd enw'r hewlydd hyn, gan mai Elen ei hun oedd wedi gofyn amdanyn nhw.

Ar ddiwedd y saith mlynedd, roedd Macsen yn gwledda yng Nghaerllion, pan ddaeth negesydd â llythyr o Rufain. Darllenodd Macsen y neges yn uchel, yna gwasgodd y llythyr yn ei ddwrn a rhuo mewn tymer.

Os dôi di i Rufain fyth, ac os dôi di.

'Beth sy'n bod? Beth ydy ystyr y neges?' gofynnodd Elen mewn braw.

'Neges yn dweud wrtha i am beidio â mynd yn ôl i Rufain yw hon!' meddai Macsen, a chrensian ei ddannedd. 'Rwy wedi bod i ffwrdd am saith mlynedd, ac felly mae'r dyn anfonodd y neges yn meddwl bod ganddo hawl i fod yn ymerawdwr yn fy lle. Ond mi ddysga i wers iddo.'

Anfonodd Macsen y neges hon yn ôl i'w elyn.

Ac os dof innau i Rufain fyth, ac os dof i.

Casglodd Macsen ei fyddin, a marchogaeth i Rufain, gydag Elen. Ar y ffordd, concrodd Ffrainc a Bwrgwyn a nifer o wledydd eraill, ond pan gyrhaeddodd Rufain, caeodd yr ymerawdwr newydd y porth yn ei wyneb.

'Dos yn ôl i Brydain!' bloeddiodd o ben y mur.

'Dim byth!' bloeddiodd Macsen yn uwch. 'Rwy'n mynd i aros fan hyn a gwarchae ar y ddinas, nes i ti ildio.'

Cododd Macsen wersyll o flaen gatiau Rhufain.

Ddydd ar ôl dydd ymosododd ar furiau'r ddinas.

Ddydd ar ôl dydd safodd y muriau'n gadarn.

Aeth blwyddyn gron heibio. Ar ddiwedd y flwyddyn, daeth byddin fach i wersylla yn ymyl byddin Macsen. Pan welodd Elen ei baneri lliwgar, rhedodd at ei gŵr.

'Baneri Cynan a Gadeon ydyn nhw,' meddai'n falch. 'Mae fy mrodyr wedi dod o Brydain i'n helpu.'

Aeth Macsen i gwrdd â'r ddau frawd a'u croesawu.

'Felly rwyt ti wedi bod yn gwarchae ar y ddinas ers blwyddyn gron!' meddai Cynan wrtho'n syn.

'Ydw,' atebodd Macsen. 'Ond paid â phoeni. Rwy'n mynd i ddal ati tan y diwrnod y caf i fod yn ymerawdwr unwaith eto.'

Ar ôl i Macsen fynd i ffwrdd, rholiodd Cynan ei lygaid. 'Os na wnaiff Macsen rywbeth gwell na hyn, ddaw'r diwrnod hwnnw ddim am hir,' meddai wrth ei frawd. 'Mae'n rhy boeth i wastraffu amser yma. Felly dyma be wnawn ni.' Sibrydodd ei gynllun yng nghlust Gadeon.

Y noson honno cripiodd y ddau frawd o'u gwersyll a mynd i fesur uchder muriau'r ddinas. Yna anfonon nhw seiri i'r coed i wneud ysgolion.

Cyn gynted ag oedd yr ysgolion yn barod, cododd dynion Prydain yn gynnar. Yn wahanol i'r Rhufeiniaid, roedden nhw bob amser yn cael pryd mawr o fwyd yn y bore bach, pan oedd hi'n dal yn lled oer. Roedd yn well gan y Rhufeiniaid fwyta ganol dydd, pan oedd yr haul ar ei anterth.

Ganol dydd, y diwrnod hwnnw, roedd y Rhufeiniaid i gyd yn cael seibiant. Y tu allan i furiau'r ddinas, eisteddai Macsen a'i filwyr yng nghysgod eu pebyll yn llowcio'u bwyd. Yn y ddinas, gorweddai'r ymerawdwr newydd ar fainc, yn gwledda ar gaws, ffrwythau a chig moch. Roedd pawb mor brysur yn bwyta, chlywson nhw 'mo'r ysgolion yn crafu'r muriau na'r sŵn traed yn cripian i fyny. Sleifiodd dynion Prydain i mewn i'r ddinas a dal

yr ymerawdwr newydd cyn iddo godi o'r bwrdd.

O fewn tri diwrnod, roedden nhw wedi cipio'r ddinas gyfan, ac yn gwrthod gadael i neb fynd i mewn nac allan.

Roedd Macsen wedi drysu'n lân.

'Pam mae'r gatiau ar gau?' gofynnodd yn ofidus i Elen. 'Ydy dy frodyr wedi concro'r ddinas er eu mwyn eu hunain, neu er fy mwyn i?'

'Er dy fwyn di,' atebodd Elen. 'Gofyn iddyn nhw am y ddinas, ac mi gei di hi.'

Gydag Elen wrth ei ochr, aeth Macsen at y porth a gofyn am y ddinas. Agorodd y porth ar unwaith.

'Henffych, Ymerawdwr Rhufain!' gwaeddodd dynion Prydain.

'Henffych, Ymerawdwr Macsen!'

gwaeddodd y Rhufeiniaid.

Cafodd Macsen groeso mawr gan y tri deg brenin. Dilynon nhw'r ymerawdwr i'r plas ac ymgrymu o'i flaen, ac o flaen ei wraig brydferth.

Eisteddodd Macsen ar ei orsedd a galw Cynan a Gadeon ato.

'Rwy'n Ymerawdwr Rhufain unwaith eto,' meddai, 'ac i chi mae'r diolch am hyn. Felly, rwy am roi byddin fawr i chi a'r hawl i goncro unrhyw wlad yn y byd. Dyna'ch gwobr.'

Roedd y ddau frawd wrth eu boddau. Drwy chwarae'u gêm fwrdd, roedden nhw wedi dysgu pob math o sgiliau, ac mi ddefnyddion nhw'r sgiliau hynny i goncro dinasoedd a chestyll a thiroedd ymhell ac agos am flynyddoedd lawer. Erbyn i Gadeon gyrraedd yn ôl i Brydain, roedd ei wallt yn wyn. Aeth Cynan, ei frawd, byth yn ôl. Ymgartrefodd e a'i ddynion yn Llydaw a dysgu eu hiaith i'r bobl.

A beth am Macsen Wledig? Arhosodd Macsen yn Rhufain am weddill ei oes. Ond anghofiodd o byth mo'i freuddwyd. Weithiau, yn ei wely, roedd yr ymerawdwr yn dal i deithio dros dir a môr i gastell o arian ac aur. Ac weithiau ddim. Ond, breuddwyd neu beidio, roedd y wraig anwylaf yn y byd bob amser wrth ei ochr, a doedd dim rhaid iddo boeni ddim mwy.

OEDDET TI'N GWYBOD?

Camu'n ôl i'r gorffennol

FI YW'R CYFARWYDD, Y STORÏWR. Gannoedd o flynyddoedd yn ôl, yn y Canol Oesoedd, byddwn i'n teithio o lys i lys i ddifyrru'r uchelwyr a'u gwesteion.

Roeddwn i'n mwynhau dweud storïau am ein harwyr ni'r Cymry, eu campau a'u dewrder.

Arthur oedd fy arwr pennaf. Roedd Arthur yn byw yn y chweched ganrif, ac arweiniodd fyddinoedd y Brythoniaid yn erbyn yr Eingl-Sacsoniaid. Ŵyr neb fawr ddim am yr Arthur go iawn, ond diolch i storïwyr fel fi, mae ei hanes wedi lledu i bob cwr o'r byd.

Ni'r storïwyr gadwodd y straeon yn fyw. Dysgon ni'r straeon ar ein cof, a'u trosglwyddo o un genhedlaeth i'r llall, nes iddyn nhw gael eu copïo o'r diwedd ar lawysgrifau.

FI YW'R COPÏWR. Sgrifennais i'r straeon ar femrwn, gan ddefnyddio cwilsyn ac inc. Y stori hynaf, sy'n sôn am Arthur, yw *Culhwch ac Olwen*. Mae'r stori honno – yn fy llawysgrifen i – yn Llyfr Gwyn Rhydderch, sy'n cael ei gadw yn Llyfrgell Genedlaethol Cymru, Aberystwyth. Mae'n dyddio o ganol y bedwaredd ganrif ar ddeg.

FI YW HYWEL FYCHAN AP HYWEL GOCH, ac roeddwn i hefyd yn gopïwr. Tua 1400, sgrifennais fersiwn hirach o *Culhwch ac Olwen*. Mae honno yn Llyfr Coch Hergest, sydd yn Llyfrgell Bodley, Rhydychen.

Copïon ni *Breuddwyd Macsen Wledig a Lludd a Llefelys* hefyd.

Breuddwyd Macsen Wledig

FI YW MAGNUS MAXIMUS. Mae'r Cymry'n fy ngalw'n Macsen Wledig, sy'n golygu Macsen y rheolwr.

Mae'r Cyfarwydd wedi creu stori hudol amdana i, ond dyma fy hanes go iawn.

Pan laniais ym Mhrydain yn y flwyddyn 380, cadfridog ym myddin Rhufain oeddwn i, nid ymerawdwr. Roedden ni'r Rhufeiniaid wedi rheoli rhan helaeth o Brydain ers dros dri chan mlynedd, a bues i'n ymladd i amddiffyn ein tiriogaeth rhag y Pictiaid a'r Sgotiaid o'r Gogledd.

Gratian oedd ymerawdwr Rhufain ar y pryd. Roedd fy milwyr wedi colli ffydd ynddo. Yn 383 penderfynon nhw y dylwn i gymryd ei le, felly gadawon ni Brydain a martsio ar draws y cyfandir. Trechon ni filwyr Gratian ger Paris, ac fe ddois i'n ymerawdwr.

Es i byth yn ôl i Brydain. Roedd rhai o'r Brythoniaid yn flin iawn wrtha i, am i mi adael y wlad yn ddi-amddiffyn ac ar drugaredd y gelyn. Ar ben hynny, fe es â llawer o filwyr y Brythoniaid gyda fi.

Un or Brythoniaid hynny oedd Cynan Meiriadog, sylfaenydd traddodiadol Llydaw. Yn ôl y chwedl, ymsefydlodd Cynan a nifer o'i gyd-wladwyr yng ngogledd-orllewin Ffrainc, a chyflwyno iaith ac arferion y Brythoniaid i bobl y wlad honno. Mae llawer yn Llydaw'n dal i siarad yr iaith, ac roedd ei huchelwyr yn arfer honni eu bod yn ddisgynyddion i Cynan Meiriadog.

Yng Nghymru, am ganrifoedd, roedd tywysogion a phobl bwysig yn hoffi dweud eu bod nhw'n perthyn i fi! Yn ôl yr uchelwyr hyn fe briodais Elen neu Helen, tywysoges brydferth o Gymru, a chael nifer o blant.

Wnes i briodi Elen? Pwy a ŵyr? Ond mae'r hen hewl Rufeinig oedd yn rhedeg o Gaernarfon, drwy Geredigion i Aberhonddu yn dal i gael ei galw'n Sarn Helen, ac mae ei holion i'w gweld o hyd.

Lludd a Llefelys

Lludd

Fi yw Lludd. Fi oedd Brenin Prydain, ychydig cyn dyfodiad y Rhufeiniaid yn 55 CC, medden nhw.

Sieffre

Fi sy'n dweud! Fi yw Sieffre o Fynwy. Roeddwn i'n eglwyswr ac ysgolhaig a, thua 1136, sgrifennais Hanes Brenhinoedd Prydain. Sgrifennais am Arthur. Sgrifennais am Lludd hefyd.

Lludd

Diolch i Sieffre, fe ddois i'n arwr. Roedden ni'r Brythoniaid yn breuddwydio am reoli ein hynys gyfan unwaith eto, a sefydlu'n prifddinas yn Llundain. Yn ôl Lludd a Llefelys fe wireddais i'r breuddwyd hwnnw.

Sieffre

Yn fy llyfr, dwi'n honni mai Caerludd oedd enw Llundain ar un adeg, a Lludd oedd yn gyfrifol am ailgodi'r ddinas. Dwi hefyd yn honni bod Ludgate, y gât oedd yn arfer sefyll ar ochr orllewinol wal y ddinas, wedi'i henwi ar ôl Lludd. Yn anffodus, dyw pawb ddim yn cytuno. Mae rhai arbenigwyr yn dweud mai enw ar fath arbennig o gât yw 'Ludgate'. Maen nhw hefyd yn fy nghyhuddo o ffugio llawer o'r hanesion.

Lludd

Rhaid bod rhywun yn cytuno â Sieffre, achos ar un adeg safai cerfluniau ohona i a'm dau fab uwchben Ludgate. Mae'r gât wedi'i dymchwel erbyn hyn, ond mae'r cerfluniau'n dal i sefyll mewn cilfach yn eglwys St Dunstan-in-the-West, ar Stryd y Fflyd, yn ninas Llundain.

Copïwyr

Yn ein stori ni, mae'r Brenin Lludd yn gorfod amddiffyn y wlad rhag tri phla. Chafodd Prydain erioed ymosodiad gan gorachod rhyfedd, na draig filain, na lleidr bwyd hudol. Ond fe oresgynnwyd yr ynys gan y Rhufeiniaid, y Sacsoniaid a'r Pictiaid.

Ydy'r Coraniaid yn cynrychioli'r Rhufeiniaid?

Ydy'r ddraig yn cynrychioli'r Sacsoniaid?

Ac ai Pictiad oedd y lleidr bwyd?

Pwy a ŵyr?

Fel pob darllenydd a gwrandawr, rhaid i ti benderfynu drostot dy hun.

Dyna swyn y stori.

WHEN CREATURE MET CREATURE

A book to share from

Scallywag Press

For Humankind — J.A.

First published in Great Britain in 2022
by Scallywag Press Ltd, 10 Sutherland Row, London SW1V 4JT

Printed on FSC paper in China by Toppan Leefung

001

British Library Cataloguing in Publication Data available
ISBN 978–1–912650–50–7

WHEN CREATURE MET CREATURE

Words by

John Agard

Pictures by

Satoshi Kitamura

Scallywag Press Ltd

LONDON

Creature-Of-No-Words
was happy to be furry.
And never in a hurry.

Creature-Of-No-Words
would lie gazing at the sea.
Just lying without a care.

Or playing with pebbles.
Throwing them into the air
wishing they'd burst like bubbles.

Since Creature-Of-No-Words
lived in a world of no-words,
he wouldn't know to say *HAPPY!*

He'd simply flap his arms
like the wings of the birds
and carry on gazing at the sea.

When Creature-Of-No-Words
had just eaten something tasty,
he wouldn't know to say *YUMMY!*

He'd simply lick his bristly lips,
pat the fur of his tummy,
then do a triple back flip!

And on a freezing night
curled up beside a burning log,
he wouldn't know to say *FIRE!*

It was enough just to feel snug.
O to feel that warming glow creeping
into his sleeping and dreaming!

Sometimes, for no reason at all,
Creature-Of-No-Words would get this feeling,
this feeling like the chill touch of ice.

This made Creature-Of-No-Words
thump his chest, beat his head once, twice,
lift his eyes towards the far clouds.

Yet, from his lips would come
a deep-down belly-groan

The look on his face
said it all.

And if you'd dare look him in the eye
you'd see a little tear gather
like a raindrop from the sky.

Creature-Of-No-Words could sense
something was really un-making his day.
But *SAD* was not a word he knew how to say.

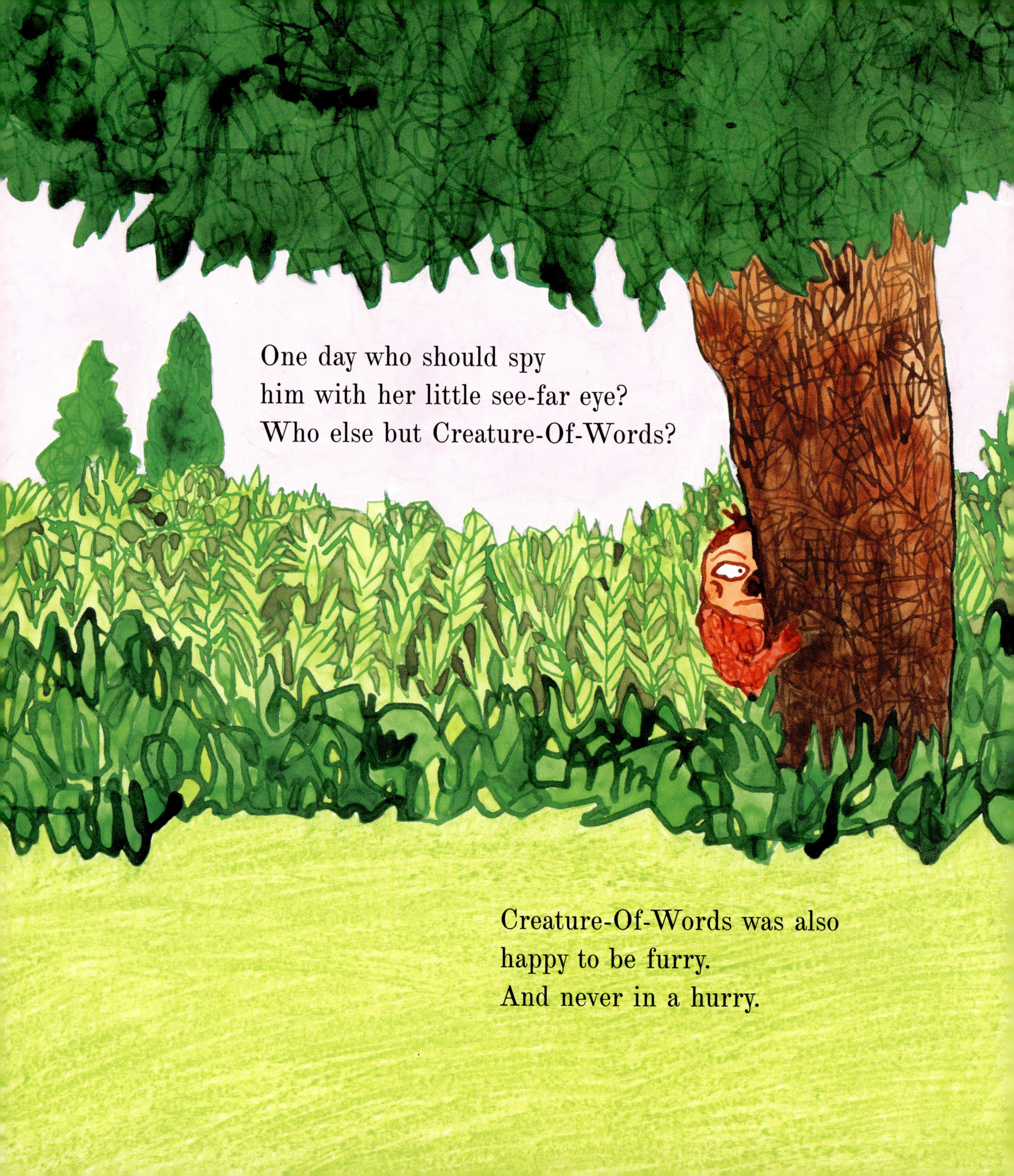

One day who should spy
him with her little see-far eye?
Who else but Creature-Of-Words?

Creature-Of-Words was also
happy to be furry.
And never in a hurry.

Now, Creature-Of-Words
lived in a world of words
and loved to speak them out loud.

When Creature-Of-Words
splashed herself in the sea,
she'd shout,

When Creature-Of-Words
had something nice to eat,
she'd shout,

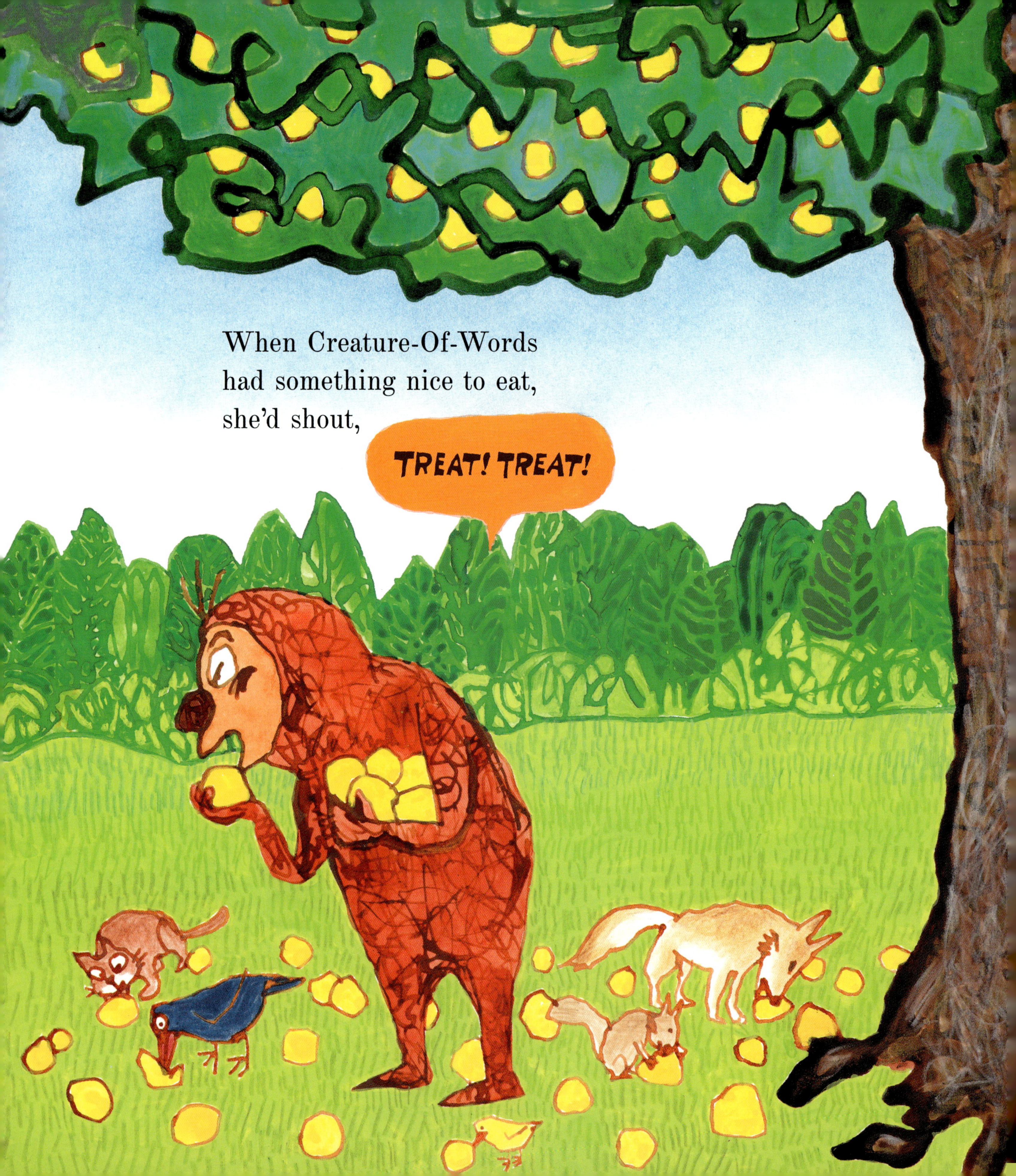

When winter brought the shivers,
she'd rub her palms in front of a flame,
close her eyes and say,

And that day when she'd spied
Creature-Of-No-Words thumping
his chest, shaking and beating his head,

and had heard him groaning
that terrible belly-groan *GRRRRRRR!*
she'd sensed his sadness with no word said.

There and then Creature-Of-Words
formed her arms into a cuddle
and moved towards Creature-Of-No-Words,

saying all the while,

Creature-Of-No-Words stood there puzzled
and gave what looked like a shrug.

Creature-Of-Words then hugged herself
and repeated,

as she moved
closer
and
closer.

This time Creature-Of-No-Words heard himself say,

HUG!

And the two creatures did just that.

From that day the two of them lived together in a house where words also lived, which was all well and good.

But when they'd both had enough
of words falling on their ears
there was nothing they enjoyed more

than a no-words night beside the fire.
Stroking each other's fur. Just listening
to sweet silence after a long rain.